D+

dear+ novel

Iroakusakkato kouseisyano tajyou ・・・・・・・・・・・・・・・・・・・・・・・・

色悪作家と校正者の多情

菅野 彰

新書館ディアプラス文庫

色悪作家と校正者の多情

contents

illustration : 麻々原絵里依

色悪作家と校正者の多情《いろあくさっかとこうせいしゃのたじょう》

「先生大炎上中だなあ。なんでこんなこと言っちゃったかね」

霜降《そうこう》を迎えてさすがに寒くなってきた神無月《かんなづき》、西荻窪《にしおぎくぼ》松庵《しょうあん》にある歴史校正会社庚申社《こうしんしゃ》の二階校正室で、篠田和志《しのだかずし》が肩を竦めた。

「どの先生ですか？」

いつものように時代小説の校正をしていた塔野正祐《とうのまさすけ》は、そんな風に同僚の篠田が言葉を発するときは自分の前後不覚の独り言とは違って休憩の合図だとは、隣で仕事をすること四年以上経《へ》ても未《いま》だ理解しないまま、手を止めて尋ねた。

「東堂《とうどう》先生だよ。久しぶりにインタビューに答えたと思ったら」

信頼する同僚の口から、不本意ながら最愛の現代作家であり、秘しているが情人でもある男の名前が出て、正祐の体が椅子ごと篠田に向き直る。

「今度は何をおっしゃったんですか？　東堂先生は」

しかし情人が大炎上中だとタブレットを眺めている篠田に言われても、心配や緊張は正祐には一切なかった。

「好きな女性のタイプはと訊かれてな。こういう定型の質問には辟易《へきえき》するんだろうが、東堂先生みたいな人は。だがインタビューだけ読んでる方は先生のそういう……ええと、なんだ堅苦しい人格まで知らないからな」

社会力の高い協調性のある篠田は全力で言葉を選んだが、作家東堂大吾《だいご》はつまりは強情で無《ぶ》骨《こつ》といえば聞こえはいいが、大概傲慢《ごうまん》で勝手な人物だ。

「お答えになったんですか。その質問に」

「随分くだらないことを訊くんだなと、わざわざ言い添えて。だいたいどうでもいいことが並んでるんだが……美人で気立てがよく気遣《きづか》いが細やかで」

大吾を知る者ならその語り出しから厭味な切り返しだとわかるが、そのまま掲載されているということは、担当編集者も止めようがなかったほど四方八方に悪意があるのだろう。

さすが前後左右上下から激しく嫌われているだけのことはあると、正祐は変なところで情人に感心した。

「それで大炎上中なんですか？」

「この、最後の。『少し愚かな方が扱いやすい』がなければなあ。わざと言ったんだろうが、燃えるのが好きなんだなもはや」

「それは大変よく燃えることでしょうね。資源の無駄です」

まさか篠田も隣の同僚がその男の恋人だとは思わないので、正祐が心の中に様々な複雑さを宿したことには気づけない。

善良な篠田に、危うく「私は愚かで扱いやすいですか？」と尋ねかけて、すんでで正祐は気がついた。

たとえこれが実在する女の話だとしても、決して自分の話ではないということに。

「篠田さんはわざとだと、東堂先生を擁護《ようご》なさいますが」

「擁護……まあ、したことはしたな。ただこれが擁護と言われると、本当に庇いようのない人だないつものことだが」

五十本の眼鏡をコレクションしていて毎日違う眼鏡をしている篠田の今日の蔓《つる》は、青褐色《あおかちいろ》だ。

「わざと露悪的なことを言ったのだとしても、東堂先生の中にそういう最悪の価値観が厳然と存在していることは、否めない事実ではないのでしょうか」

丁度今、あるゆる意味で最愛であるはずの人の新作を校正していた正祐は、いついかなるときも傑作と思える大吾の原稿を睨みつけた。

「先生の休筆は半月持たなかったな。結局十一月刊に間に合ってよかったが、何か不満か。東堂先生の新作」

残暑に、いつでも泰然自若《たいぜんじじゃく》としている大吾は、珍しく大きな自己否定の中に身を置いた。自分の共感性のなさ、そのことと折り合おうとする自分への疑心で、邪心を払うまでは書かないと短い休筆をした。

そういう大吾の執筆への真摯《しんし》さを正祐は敬愛する一方で、その真摯が全く滲《にじ》み出ない作品には感心が目にも止まらぬ早さで通り過ぎる日もある。

「その大炎上中にまた、自己犠牲の激しい悪く言えば男性に都合のよすぎる女性がしかも脇役で現れて……すみません発売前の作品について語ってしまうなど！」

まさに今、大吾を知る者として見ても俯瞰《ふかん》で見ても、時折東堂大吾が求めるこういう女性像は本当にいただけないと苦々しく思っていた正祐は、大きな失言に悲鳴を上げた。

「この部屋の中では、ここだけの話だとそれはおまえも慣れろ。この場の雑談だよ、一歩外に出たら自分の仕事については貝になる。そういうメリハリを覚えると楽だぞ」

「本当に篠田さんには学ばせていただいております……」

「よしてくれる？　そういうの」

その物言いが正祐の性質そのものだと理解してくれている同僚は、しかし多少は砕けることも望んであきらめないでいてくれている。

「つまらん分析だが、理想像なのかねえ。東堂先生、時々そういう女性を書くな。まあああいう人だから、そういう女性も現実には側にいるのかもな」

「……どういうことですか？」

つまらん分析が全く聞き捨てならないと、大吾にとっては現実の相手である立場の正祐は息を呑んだ。

「相反するものが混在するのが人間なんだろうが。古い善の価値観と極悪の価値観が先生の作品の中には共存することは少なくないから、求めてもいるんだろうけど。あれだけの男振りと甲斐性《かいしょう》ならそんな夢みたいな女も東堂先生の前には存在して、実際尽くし倒されたりしてることもあり得るんだろう」

呆れ半分羨望も抱くと、篠田が笑ってため息を吐く。

「これは読者としてのただの推測だぞ」

なんとも言えない神妙な顔で正祐が真剣に己の戯《ざ》れ言《ごと》を聞いていると気づいて、真に受けるなと篠田は手を振った。

「でも、篠田さんは東堂先生に実際に接してらっしゃいます。男振りという言葉も出て来るということは、ご本人も通して見ての推測では」

「言っても俺は真っ赤な他人だ。他人の身勝手で無責任な推測だよ」

ついこの間休筆中の大吾とホルモン酒場で出くわして呑んでしまい、しかし豪放磊落《ごうほうらいらく》を絵に描いたようなところもある大吾の呑み仲間に認定されることは死んでも避けたい篠田が、強く他人を強調する。

何しろ篠田はそうして呑んでおきながら、個人的な連絡先を大吾と交換することも頑《かたく》なに拒んでいた。

「こんな夢のような女性に、東堂先生は尽くし倒された経験がおありなんですね……」

「おっと！　おまえは個人的に交流があるんだから、無責任な一読者でしかない俺の推測を鵜《う》呑《の》みにするなよ」

危険な妄想を同僚に与えてしまったと、篠田にしては大きな声が出る。

「けれど、その想像は私にもつきます。女性が尽くしてしまうというよりは、向き合って寄り添おうと思ったら女性は尽くさざるを得ない先生の傲慢さは生半可《なまはんか》なものではないのではないかと」

西荻窪南口居酒屋「鳥八《とりはち》」で隣に座った一年以上前の春彼岸から始まり、作家とその担当校正者であることが夏に露呈《ろてい》し、師走《しわす》にはそれでも心が通い合った仲とはいえ口論は絶えることなく今もなお続いていて、正祐には大吾の傲慢に屈しているという体感があった。

「赤の他人の俺にも、そこは反論の余地はないな……」

大吾と親しい正祐がそう言うのなら、敢《あ》えて自分も欺瞞《ぎまん》を並べてやるところではないと、篠田もあっさり認める。

「存在したのでしょうかね。こういう女性が」

「だとしたら、俺もそのことについて羨ましいと思う男のくだらなさは充分持ち合わせているがな」

「羨ましいですか」

そんなことを篠田が思うのは本当に意外なくだらなさだと、正祐は美人女優の母親に瓜二つなのに何故《なぜ》か地味な眠そうな瞳を見開いた。

「夢みたいな話だよ。宝くじが当たったんですか羨ましいです。そういう話だ」

言われたら「なるほど宝くじレベルの」と、正祐には更に呆れるを通り越して絶望感が増した。

何に絶望しているのかは、しかし自分でもよくわからない。

自分も大吾に尽くす女のような態度を取ってしまうことはあるが、宝くじ三億円ほど酷《ひど》くはないつもりだ。三千円程度だ。

だからこの女性は自分のことではない。

そう思い知る度に、いつもと同じ暗い鈍色《にびいろ》のスーツに包まれた正祐の胸が、少し冷たくなった。

「……最近、東堂先生の校正はおもしろくないです」

ほぼ八つ当たりでしかない独り言が、それも母親譲りの正祐の薄い唇からうっかり零《こぼ》れ落ちる。

「どうした。おまえが最も幸せな時間は、東堂先生の原稿を校正しているときだろう」

「それは……そうなんですが。今回は単発もので、衆道《しゅどう》もののシリーズの番外なので」

正祐には全く訳がわからず信じられないことだが、大吾曰く愛憎の全てをぶつけ合った去年の夏に、正祐は大吾になんと祖父の大切な形見のソファの上で抱かれてしまった。

直後に大吾は、そのときの正祐の反応からよいインスピレーションを得たと言って、意気揚々《ようよう》と衆道ものを書き始めたのだ。

衆道とは、簡単にいうと男色のことである。

それだけでも大吾は万死《ばんし》に値《あたい》すると言いたいところだったが、更にはそれが大ヒットして今ではこうして番外編まで出る始末だ。

「これは陰間《かげま》の物語で、東堂先生も既にご自身の知識を積まれた上に調べ物も怠《おこた》らないので。突く重箱の隅がなく、考証の間違いが減ってしまって本当につまらないです」

本編は寝床での痴態《ちたい》が自分だとしか思えない武家の若衆が乱れに乱れているが、番外編では男色の相手を職業とする陰間が主人公になっていた。

「塔野」

飄々《ひょうひょう》としていて常に社会性が高く協調性もある篠田は、だからこそこの件をあきらめない粘り強さを持っている。

「百一回目だが聞いてくれ。どうか聞いてくれ。おまえのその校正者魂についても、頼むからこの部屋の外には持ち出すな。一番リスクのない方法としては、必要がない限りおまえの職業を人に語るな。同業者の名誉のためだ」

「さすがに聞き飽きて参りました」

「おまえが全く懲《こ》りないからだ！　その暗黒の校正者の資質と校正者としての才能は、どうしても共存させなければならないものなのか⁉」

「才能と言っていただくと、面映《おもは》ゆいですが」

そんな過分なお言葉をと、正祐は恥じ入って俯《うつむ》いた。

「照れてる場合じゃないぞ」

「卵が先か鶏《にわとり》が先かということなのか、たまたま同じ箱に両方が入っていたのか。それは私にも判断はできかねます。ただ私が職務上必須である考証の間違いを見つけることに至上の悦《よろこ》びを見出せる性質があるという点に於《お》いては、天職だと思わざるを得ません」

正祐の方は自分のその暗黒体質には居直っていて、自分はこの仕事に向いている性格だくらいに捉えている。

「けれど先ほど、ついに一つ見つけました」

あまり母親に似た美しさを醸《かも》すことのない正祐だが、珍しく造形の整った頬をきれいな円にして微笑《ほほえ》み、篠田をぞっとさせた。

「執念深い感じになってるけど、大丈夫かおまえ……」

「『まん中に一本はへた鬼もあり』の鬼を、陰間の意味として引用されておりました。これは調べ直すと共に、篠田さんのご意見も伺おうと思っていたところです」

悦びは悦びなのだが仕事であることももちろん忘れてはおらず、正祐がまっすぐ篠田の眼鏡を覗き込む。

「……ああ、東堂先生も随分古い資料で記憶が止まっていたのか、照らし合わせられたのかもしれないな。それは確か宝暦《ほうれき》の句で、前の句は『うそな事かな』、一本角の鬼の否定でしかない筈だ」

問われると篠田も頭の中にある辞書が自動的に捲られて、そのような誤用は出版前に正されなくてはと仕事の顔になった。

「そうなんです。中国の怪奇随筆集『五雑俎《ござっそ》』に出て来る、額の真ん中に男根のある天邪鬼《あまのじゃく》異聞を詠《よ》んでいると私も認識しています」

「確か昭和四十年代になって岡田甫《おかだはじめ》が、この鬼を男色の相手と詠んだと言っているが。突然のこじつけだと俺も調べ直したことがある。一本角が男根だから、読み間違えやすいのはわかるが」

「そもそも陰間を鬼と詠んでいるのは、探してみましたが二句しか確認されておりません」

「二句ならば、陰間が鬼と呼ばれていた立証にはまるで足りない」

「私もそう思います。一般的に陰間が鬼と呼ばれていたという言い方になると、それは間違いだと存じます」

それはそうだと、篠田も深く頷く。

「ただ、呼ばれていなかったと立証する資料も足りないところではあるな」

「ええ。ですからどのようにお伝えしようかとそこは難しく」

「……っておまえ、既にその頁鉛筆書きで真っ黒になってるじゃないか」

言われて篠田の指した自分の手元を見ると、正祐は無意識の内にとりあえず知る限りのことを余白に書き込んでいた。

「つい夢中で」

「また東堂先生の逆鱗《げきりん》に触れるぞ」

「そうですね……」

この否定は三分の一にしなければと、正祐がため息を吐く。

たとえ否定が事実だとしても、大吾に指摘されて以来改める努力をしているのが、自分の大吾への校正校閲《こうえつ》が極めて感情的だというところだ。

今回はいつもとは違う方向性だが、やはりこの鉛筆の量は感情的にも程があった。

「おまえの苦手な、衆道のシリーズだな。大丈夫か」

モデルが正祐だとは知らないが、隣で正祐が舌を噛み切りそうになりながらその校正をしていることを知っている篠田が、そんな凄惨《せいさん》なことになられては大迷惑なので心配する。

「これは番外編ですから。なんというか、『葉隠《はがく》れ』などもそうですけれど武士道に於ける男色には女性軽視が根幹にあって。この物語にも脇に出て来て男性を支えているような、先ほど篠田さんがおっしゃっていた東堂先生の時々描かれる女性より余程、陰間や若衆には人への敬意を感じます」

そこに大吾の封建主義が覗くことは、客観的に見ても否定はできなかった。

「女性を軽視しているというよりは、少し愚かしいような憐れな女性が好みのタイプなんだろう。実際のところは」

大炎上中の回答もつまりはと、篠田が一応の擁護を聞かせる。

「好みのタイプですか……」

言われると見るからに色悪という言葉が似合う大吾の隣には、篠田が言うような女がよく似合った。

「本当に呆れ果てますが、女性像というものがあるからこういうことになるのでしょうね」

今現在大吾の相手は自分だが、過去にそういった女性を側に置いたのだろうと、正祐もとうとう認めるしかない。

「どういう意味だ？」

正祐の言葉の意味を理解しきれず、篠田は油断した質問をしてしまった。

「私にはないと、今気づきました。女性像というものが」

「すまん。もう少し説明してくれ塔野」

だが油断していた篠田も、この辺で引いた方がいい予感はしたが、珍しく好奇心で猫を殺されに行ってしまう。

「母親と姉以外の女性というものに、実体がありません。後は文字の中の女性しか私にはおりません」

この世に他人の女性像一切なしと、二十八歳の正祐は迷いのない瞳で言い放った。

「初恋とか、ないの。おまえ」

「私の初恋は芥川龍之介《あくたがわりゅうのすけ》の……」

「なるほどだいたいわかった」

文豪の名前が出て来たところで、篠田は殺された猫としての好奇心を弔《とむら》った。

「怖いのでもういい。おまえに実存する女性観がゼロだという話は」

もうすぐ三十になろうという同僚のそんな話はご免だと、篠田が手を振る。

「なるほど。しかしそう言われると、東堂先生の女性遍歴《へんれき》凄いんだろうな。あまたの女性像の中からこういう言葉が出て来るとも言えるのかもしれん」

正祐がゼロだとするならば、一方この色悪の作家はと篠田は肩を竦《すく》めた。

「女性遍歴、凄そうですか？」

個人的に大吾と交流するようになって一年以上、情人となってもそろそろ一年の正祐は、そのイメージを大吾に持ちながらもリアルな結び付きにまだ至れていなかった。

「作品に表れてるだろ。一万人斬りましたみたいな」

そういった言葉で大吾を罵《ののし》ったことは、正祐にもある。

しかし実際大吾は本当に一万人の女を抱いたのかもしれないとは、面倒なことに今初めて現実的な想像となった。

「二句存在したら、広く呼ばれていたと考えるのは早計ではない」

西荻窪《にしおぎくぼ》南口居酒屋「鳥八《とりはち》」のカウンターで、老翁百田《ろうおうももた》が炭で炙《あぶ》った秋掘りの長芋を喰らいながら、炭より激しく大炎上中の東堂大吾《とうどうだいご》は誰にともなく言った。

「ここで仕事のお話はご容赦《ようしゃ》願います」

誰にともなくという素振りだが、カウンターの右隣に座っている自分に放たれた言葉だとは、正祐《まさすけ》もよくわかっている。

何しろ篠田《しのだ》に一万人斬っただろうと言われた後、三分の一に減らそうとしていた正祐から大吾への否定の書き込みは、逆に三倍になった。

「誰が仕事の話をした。世間話の雑談だ。そもそも俺が創った世界の陰間《かげま》が、鬼と呼ばれているのが似合うならそれでいいという考え方もある。そうすればそれは俺の作家性の話だ」

「はい。黒曹以《くろそい》の塩焼き、お好みですだちを搾《しぼ》ってね」

いつでも温厚な百田はカウンターで二人が揉《も》めることには慣れていたが、それでも行き過ぎる気配がすればこうして旬のおいしい食事で一応はなんとかしようとはしてくれる。

「うまそうだな。天明焰《てんめいほむら》、二合」

白身魚に合わせて大吾が、二人分の日本酒を追加した。

「あなたの主観で一人の陰間を鬼と呼ぶのは、確かに作家性でしょうね。二句のうちの一句は、『十八位の鬼では後家足らず』。安永《あんえい》の句で、若干のこじつけも感じます」

「まさに天明に詠まれた、『仏の事ハ打忘れ鬼を買ひ』はどうだ。『鬼を買ひ』は完全に陰間だろうが」

今頼んだ酒と同じ年号の頃には確かにそういう句があったと、大吾が歯を剝《む》く。

「花魁《おいらん》を鬼、白鬼《びゃっき》と呼んだ記述は多く裏付けがありますが、陰間を間違いなく鬼と呼んだのであろう句は」

手酌《てじゃく》で天明をやっている大吾を、正祐は涼しい目元で見つめた。

「その一句です。けれど江戸時代に陰間が鬼と呼ばれていたという通説を、大ヒット作品の番外編で唱えるのであれば、その間違いは広く誤認されることでしょうね」

その罪深さは生半可《なまはんか》なものではないと、正祐が舞茸《まいたけ》と手羽中《てばなか》のホイル焼きを食《は》む。肉質は弾力があり旨味《うまみ》も濃い、身離れのいい骨付きの鶏《とり》だ。

「だとしたら、沖田総司《おきたそうじ》を美少年だったと誤認させた司馬遼太郎《しばりょうたろう》も相当罪深いな」

「『燃えよ剣』は、そういう意味では功罪の功の方が圧倒的に大きいのではないでしょうか。人は美醜に弱いものです。実際は平目顔《ひらめがお》と表された沖田総司が、肺を病んだ美少年剣士というイメージになったことが、日本の時代小説界に与えた功績は偉大です」

「そこをおまえの主観で語るのか」

「あなたは司馬遼太郎の功績も客観視できないのですか。歴史的貢献は数値化できるレベルですよ」

鶏を食べているのでまだ生ビールを呑んでいた正祐は、さすがにそれは呆れたことだと肩を竦《すく》めた。

「まあ、確かにそうだ。人が美醜に左右されるのも当然だから、平目を美少年にしたことは大きな功績だ。それは俺も認めよう」

そう大吾に言われて正祐が、幼い頃一年間かけてやっていた新選組のドラマに母親が出演したので無理矢理観させられた苦い過去をふと思い出す。そのときに見た沖田総司役の青年が、平目と美少年の見事な折衷《せっちゅう》案で、何処《どこ》から連れて来たのかと幼心に感心したことをしみじみと反芻《はんすう》していた。

美少年の方がイメージはいいが平目が事実なら、中間というのは正しい素材だったと大吾に語ろうとしたが、正祐はその役者が誰なのかもわからない。

「陰間が鬼と呼ばれるのも、美しいイメージだろうが。美しい鬼に溺《おぼ》れて身を持ち崩す。今から俺が陰間に鬼と名付けるのも悪くないことだ」

「私は美醜に弱いとは申しましたが、左右されて当然とは思っておりません」

「この男前を隣に置いてそう言うか」

黒髪が目元に降りて、長身で色悪そのものの強い目をした大吾は、憎らしいことに堂々と自分を男前と言って笑っている。

「何度か申し上げておりますが、私はあなたの容姿は確かに端麗だとは思います。ただ、そこがあなたの魅力だとは思っておりません」

見た目に惹《ひ》かれて情人になったつもりなどさらさらないと、正祐ははっきり言って置きたかった。

そもそも正祐は他者の容姿に於《お》いては、平目であろうと美少年であろうと中間ならその方がいいという程度しか興味がないし、大吾のことはここで初めて言葉を交わしたときには、色悪そのものの姿ごと親の敵《かたき》と同等に忌《い》み嫌っていた。

「へえ。それは俺の男振りがもったいない話だ」

「あなたは、人は美醜に惑《まど》わされて当然と思うのですか？」

「面《おもて》も中も全て人だろうが。おまえの内面もその容貌も、一個の人間の両面だ。切り離せるものではない」

「それは……」

そう言われてしまうと容姿と人は無関係だと思い込む己が愚かのように、正祐にも思える。

「美しいに越したことはないさ。俺はおまえの美しい顔を大いに好んでいる」

けれどそれを言ってしまえるところが大吾の、無頼を通り越しての欠点だとため息が出た。

自分は大吾が少年期大層愛したという女優の母親とほぼ同じ顔をしているし、そういう価値観で相手を見るのであれば、圧倒的に容姿の比率で求めた女も過去にはいたのかもしれない。

「あなた女性遍歴《へんれき》凄いんですか？」

そういう大吾への想像に正祐は何も気持ちが追いつかず、篠田の言っていたことは本当なのだろうかと問い掛けた。

「……おまえには、躊躇《ちゅうちょ》というものがないのか」

まだ冷えている天明を口に含んだ途端噎《む》せた大吾が、猪口《ちょこ》を握ったまま正祐を睨《にら》む。

「大炎上中だと伺いました」

「ああ、またよく燃えているらしいな。くだらん質問をするからだ」

「あなたの答えも大層くだらないように思いますが」

「色んな女がいる。愚かさを否定することもないだろう」

色んな女がいるということはやはり、大吾は様々な女をよく知っていることだと、正祐はまた胸が冷たくなった。

この冷たさの意味が全くわからないほど、正祐も愚かではない。

情人の過去への嫉妬であることに間違いはないだろうが、しかしそれは理不尽な感情だとも判断はできた。

「……それはそうですが。だとしたら、愚かさを愛したとおっしゃればよかったのではないですか？　扱いやすいという言葉は、人への尊重を欠き過ぎています」

「それはおまえの言う通りだ。尋ねた人間を全く尊重できなかったので、見たままの言葉が出た」

「そうすると、そのインタビュアーの女性が好みのタイプだということですか」

大吾の言葉を真に受けるとそういう論法になると、正祐が問い詰める。

「厭味《いやみ》を言ってやったんだよ、俺は。あんな女真っ平ご免だ」

「気は済まれましたか。倍返しに遭ってらっしゃいますよ。愚かだと侮《あなど》った女性に」

「俺は他人には何を言われても気にならん」

「それは嘘にも程があります。書評や賞の審査員、時には市井《しせい》の方のお言葉に烈火の如《ごと》くお怒りじゃないですか。今回もその他人の女性に厭味を言うほど腹を立てたということでしょう？」

「確かに俺はしょっちゅう憤る。烈火の如くな」

筋が通らないにも程があると問いを重ねた正祐に、気を張る様子もなく大吾は笑った。

「だがその怒りが、特定の個人に向かうことは少ない。広く世間、社会、世界に腹を立てるが。他人はどうでもいい。厭味を聞かせてやった女も見下げはしたが、その女が俺をどう思っても俺はかまわん」

「よくわかりません」

本当に意味がわからず、幼子のように正祐が訊く。

「そこまで個々には興味がない。自分が知らない者、感情のない他人からどう思われようとどうでもいい」

そう言われると確かに、大吾の振る舞いや言動は、他者の視線や意識を気にしていたらとてもできるようなものではなかった。

今も世間から大きな非難を浴びていても、何処《どこ》吹く風だ。痛んでいる様子はない。

「小説が書けていれば何も問題はない。だいたいは集合体として捉えている」

しかし大炎上しては本の売り上げにも関わるのではと言い掛けて、それが作家性なのか大吾は年がら年中誰かに非難されていると思い出し、正祐は言葉にするのを止めた。

「おまえは別だ」

口を噤《つぐ》んだ正祐が、拗ねたと珍しく思い違えたのか、大吾が口の端を上げる。

「時折あなたがそうして、私を扱いやすい愚か者のようにいなそうとするのは我慢がなりません」

「こういうことは、俺の手癖みたいなものだと思え」

「女性はそういう物言いで満足したということですね。やはりあなたは」

自分がした質問にきちんと答えられていないと思ったが、正祐は胸の冷たくなるその話に自ら戻る気持ちにはなれなかった。

「昔……若い頃に一度だけ、無節操な真似をしたことがあるが」

だが大吾の方はきちんと正祐の問いを覚えていて、自分の女性遍歴について語り出した。

「今でも思い出すと、苦い気持ちしかない。苦いというよりもっと酷《ひど》い思いだ。互いに心を汚しあったようで、今も胸が悪くなる。それで懲《こ》りたんで、以来愛した女しか抱いてない。たいした数じゃあない」

誠実に大吾は、風貌と評判に似合わない言葉で過去を語る。

「一万人くらいですか」

「何を言ってるんだおまえは」

「そういう評価です。あなたは」

実のところ大吾という男をよくよく知ってしまった正祐には、実際大吾が過去不誠実に女を得なかったというのは、納得のいく話でしかなかった。

そういう大吾は尊敬に値《あたい》するし、それが自分の愛した男だと考えることは健《すこ》やかな気持ちを呼ぶのが当たり前だと、己でも思える。

けれど大吾の過去を聞くほどに正祐の胸の冷たさは、何故《なぜ》なのか増すばかりだった。

「どうした。嫉妬か？　そういう嫉妬は俺の方が散々させられているぞ」

「……以前も申し上げましたが、私は肉体的な交渉はあなたとしか持ったことがありません」

百田が二人の仲に気づいているとは言え極力声を潜めて、自分には嫉妬をされる謂《い》われはないと正祐が大吾の耳元に告げる。

「それはもう決着を付けろよ」

大吾には自分にない経験があると初めて気づいたときに正祐は、「あなたが自分の体の一部を他人の体の中に挿入したことがあるのかと思うと」という率直な言葉で、胸に湧いた複雑さを教えていた。

「何度も言うが、俺はおまえに出会ったとき三十だったんだぞ。一人も女を知らない方が怖いだろう、俺のこの風体《ふうてい》で」

「怖くはありません」

一人で生まれてきたような顔をした正祐は、実際祖父との交流以外は他者を見ることもせず文字の中にのみ生きていて、他人と体を交えることなど大吾に摑み掛かられるまで想像もしていない。

「今のあなたの過去証言により、私のあなたの女性遍歴への感情は変化しました」

想像もしていないことが、自分以外の者との経験を持つ大吾の手によって、去年の夏に突然正祐の身の上に起こった。

「どんな風にだ」

その責任について多少考えもしないのかと、正祐は冷たい胸のまま大吾を見つめた。

「やめろその葵《あおい》の上《うえ》みたいな目でまっすぐ俺を見るのは！」

余程拒絶感があるのか大吾にしては珍しい悲鳴で、「源氏物語」の登場人物の名前が呼ばれる。

「葵の上を見たことがあるのですか？　……いいえ、あなたは見たことがあるのでしょうね。私はありません。実際、若紫《わかむらさき》さえ見たことがないのが私です」

何度か大吾に喩《たと》えられた十歳の少女にさえ自分は会ったことがないと、正祐はため息を吐いた。

「女は葵の上より、明石《あかし》みたいなものが最高だぞ」

「……もの。しかも明石。最高に都合のいい女性ですね、明石は」

いずれにせよそれらの女性を食い散らかした光源氏が最悪だという話だと、日本文学史上最悪の男に情人を重ねて、正祐のため息が深まる。

「愛した女性にしか触れていないにしても、そもそものあなたの女性への敬意のなさには呆れ果てます」

「敬意を払える女は少ない」

即答した大吾に、冷たい胸が何かふと安堵《あんど》して、そういう自分がとても嫌だと正祐は思った。折り合えない感情が何処から来るのか、それは全くわからない。

「誰でも女から生まれてくるんだよ、先生」

老人らしい言葉で百田も大吾を咎《とが》めたが、そっと置かれた皿に載っているのが青い卵をたっぷり孕《はら》んだ生の赤海老《あかえび》だということは、どういう頓知《とんち》なのかまだ若輩《じゃくはい》の二人には摑み兼ねて余

りあった。

「醬油《しょうゆ》でね」

「……ああ」

「……はい」

母子一緒に醬油で食べて、女のありがたみを思い知れと言われているのだろうかと、さすがに大吾の無頼《ぶらい》も息を潜める。

しばらくは無言で、甘い赤海老を食んで大吾と正祐は日本酒を吞んだ。

「おまえはあるのか、女への敬意が。おまえの口から女の話は家族以外聞いたことがない」

咎めているのではなく、ふとそのことが気に掛かったというように、大吾が口を開く。

問われると正祐は、大吾が問題視した陰間の書き込みを入れた日に、自分には母と姉以外実存する女性像が全くないと気づいたところで、言えることなど何一つなかった。

「この方など、性差無関係に素晴らしい作家ですよ」

だがそれを大吾に教えるのも癪《しゃく》で、丁度持ち歩いて読んでいた小説が女性作家だったと思い出して、鞄《かばん》から出して表紙を見せた。

薄い青鼠色《あおねずみいろ》で彩《いろど》られた美しいハードカバーの表紙は、女性的なやわらかさは皆無だったが、やはり男性には連想しにくい冷たい美しさがある。

「……珍しいものを読んでいるな」

いつでも隈取《くまど》りがあるように見える眼を何故なのか更に険《けわ》しくさせて、随分長いこと大吾は正祐の手元の本を睨んでから言った。

「現代作家には興味がなかったんじゃなかったのか」

この間その恐るべき事実を打ち明けられたばかりだがと、眉間に深く皺《しわ》を寄せて大吾が正祐に問う。

「あなたをきっかけに、多少は読むようになりました。この方は先日校正させていただいた方で、その物語がとても印象に残ったので今積極的に読んでいるところです」

大吾と同じく、時代小説と文芸作品の両方を書くこの女性作家、冬嶺瑤子《ふゆみねようこ》は多作ではないがキャリアが長く、読み始めたばかりの正祐はそれはとても嬉しいことだった。

「もうすぐ五十歳になられるようですが」

「そんなになるか」

「ご存じですか？　冬嶺先生。なんというか、文章がいつでも瑞々しさがあってうっとりするような美文です。その上描かれる世界にある価値観がその時々をきちんと見据えてらっしゃることが読み取れて、賢く冷静な方なんでしょうね。澄んだ瞳で世界の全てを見渡している。どの本もそういう印象です」

本の話になると、大吾との個人的な感情の諍《いさか》いから正祐は離れてしまって、実際今夢中で著作を追っている冬嶺瑤子について思うままを語ってしまう。

きれいなハードカバーをほとんど胸に抱いた正祐を、大吾が強いまなざしで射た。

「女の書いた小説じゃないか」

そんな目をしてしかも子持ち赤海老を喰らった後に、なんということを言うのかと、正祐が耳を疑って大吾を見返す。

「あなた本当に」

女性遍歴への意味不明な胸の冷たさも吹っ飛ぶ程に、正祐は情人に軽蔑しか湧かなかった。

「最低最悪ですね。驚きます。本当に最低最悪ですね」

「おまえのその語彙《ごい》のなさにも驚く!」

「語彙を尽くす価値も感じられません。お読みになったことはありますか？　冬嶺先生の作品を。読んだらご自身のお言葉を、あなたも恥じることと思います」

この世界観をそのような愚かな言葉で語るとはと、正祐も大吾の女性蔑視をとても捨て置けない。

「……そうだな。ただの女が書いた小説ではない。その本も、過去の本も、俺はその女が書いたものは全て隈無く読んでいる」

「それは……意外でした。私程ではないにしても、あなたも現代作家にはそこまでの興味がないと思っていました。話題に出ることが少ないので」

「尊敬を持って読める現代作家は少ない」

「それなら……」

少なくとも三十年近いキャリアの中で書かれてきた冬嶺瑤子の小説を全て読んでいるということは、実は相当な評価と敬愛があるということなのかと、正祐は大吾の言動と態度の矛盾に首を傾げた。

「訂正する。その本は、ただの女が書いた小説ではない」

先ほどの愚かしい発言を、大吾が珍しいことに引っ込める。

「恐ろしい女が書いた小説だ」

そして小さく言った大吾の横顔には、正祐が初めて見るような激しい畏怖が、確かに言葉の通り映っていた。


師走《しわす》の足音が聞こえてくると、出版に関わる者は誰もが地獄の方がきっとマシだという程に忙しくなる。

今はまだその前哨戦とはいえ立冬も過ぎて、忙しなさと寒さが人の体を嬲《なぶ》る季節だ。

「年末進行の足音が聞こえるようです……ドッテテドッテテ、ドッテテド」

唯一と言える心を交わした祖父が亡くなって、前職の編集者を続ける力を失い、募集広告の出ていた庚申社《こうしんしゃ》に入社して四年以上、正祐《まさすけ》は昼食はほとんど必ず篠田《しのだ》と取る習慣になっていた。

「宮沢賢治《みやざわけんじ》の『月夜のでんしんばしら』か……それは足音じゃなくて軍歌だな」

疲れた声でそれでも篠田が、無意識の職業病で訂正する。

「行進の音ですね」

「それにしてもおまえ、どんなに忙しくてもよく毎日その弁当作るなあ。感心するよ」

時々は自分も簡単な弁当を作ることもあるが、今日も南口のパン屋で昼を買ってきた篠田は、互いのデスクではあるが完全に昼休憩の姿勢だ。

「簡単なものしか、いつも入っていませんから。野菜はまとめて茹《ゆ》でて冷蔵庫に入れてありますし、後は鮭か卵焼きかだけで」

「それが中々できるもんじゃないと思うがな」

「学生時代からの習慣です」

どちらかが余程納期に追われていない限り、昼食は一緒に取ろうと誘ってくれたのは篠田だった。

入社してすぐのことだったが、その頃正祐はずっと最愛の祖父の通夜の中にいて、ただでさえぼんやりしている視界がますますぼやけていて、当時まともに篠田に受け答えができていたかも覚えていない。

「おまえ、本当は読みかけの本読みたいんじゃないのか」

揶揄《からか》うように、篠田は笑った。

校正の傍ら最近読み進めている冬嶺瑤子《ふゆみねようこ》の本を、正祐がいつも気に掛けているのを知ってくれている。

「食事中に本を読もうとすると、やさしい祖父にさえも怒られたのです。食事をしながら読書をするようなことは……」

致しませんと嘘を吐きかけて、言い切れずに口を噤んだ。

「一人の時はするだろう？　俺もするよ。しょうがない。あれはしょうがない」

「篠田さんもですか？」

「ああ。だって仕事中も文章は読んでるが、それは仕事だからな。読みたい本は山ほどあるのに新刊は次々出るし。読みたい本を全部読まないで死ぬんだろうなと思うと、飯時だろうが風呂だろうが」

「私もそのことをよく考えます。全て読めずに死ぬのだろうと思うともう……」

同じ不安を持っている人がいると知っただけで、死ぬと言いながらも正祐の声がいつもより明るくなる。

「読みたいときは、昼飯の時だって我慢しなくていいんだぞ」

それを篠田が気にしてくれているとわかって、正祐は「いいえ」と首を振った。

「あの、篠田さんが気遣って私とお昼を一緒に取ってくださっているんです」

「俺のことなのにおまえが断定するという文脈は……」

正祐を校正馬鹿と呼ぶこともある篠田は、忙しいので自分も校正癖が常態化している。

「私もありがたく思っていましたが、この間ある人にも指摘されて。よく感謝するようにと」

「そんなたいしたことじゃない。俺も昼はおまえと本の話をしたりしながら取りたいと思ってるが……あのな、塔野《とうの》。おまえちょっとここ自覚して気をつけた方がいいと思うんだが」

ふと、篠田は途中で話を変えて、少し口調を改めた。

「なんでしょう?」

「そのある人って、東堂《とうどう》先生だよな」

「……! 篠田さんはやはり千里眼の持ち主でいらっしゃるんですか⁉」

「そんなに驚愕《きょうがく》してくれてありがとうよ。よく聞いてくれ。俺は、千里眼は、持っていない」

落ちつけと篠田は、本日は舛花色《ますはないろ》の眼鏡の蔓《つる》を掛け直した。

「ならば何故《なぜ》」

「おまえと会話する者は、多分誰であろうとわかる」

「どうしてですか」

「おまえとこうして同僚としてつきあうこと四年以上が経ち、この一年、会話に出て来る人物はほとんどが東堂先生のみだ」

「そんなことは……」

ないと言いたかったが、他に話すべき人物との交流がないので、言われれば正祐にも自覚が生まれる。

「たいして勘がよくなくても、おまえが伏せた人物が東堂先生であることは誰にでも察せられる。そのことに何故気をつけろと言うのかというと、あの人が一応……いや失敬一応ではない。東堂先生は著名人だ。プライバシーにはつきあいのある塔野の方で細心の注意を払わないとならないことだ。厳しいことを言うようだが」

丁寧に説明されて、夏にヘルムート・バーガーの顔をした文芸作家白洲絵一《しらすえいち》にも、手紙の中の愛する人と東堂大吾《だいご》が同一人物だとすぐに露呈《ろてい》した苦い出来事を、正祐は思い出した。

「俺が気づく分にはかまわない。だが、あの人の抱えている数字は何かと大きい上にあの人一人の問題に留まらない。おまえが意図しないことが情報漏洩《ろうえい》になって、巨額の損害が生じるということもあり得る。これ以上は言わなくても大丈夫か?」

「……はい。恐ろしい人の話を迂闊《うかつ》にしていると、思い知りました」

「まあ、俺にする分には構わないよ。俺もここから外には何も持ち出すつもりはないから」

よそで気をつけろという話だと、篠田が真面目な忠告を終わらせる。

だが、篠田にも察せられてそれを教えられたことによって、正祐は一つの事実に行き当たった。

白洲のような不慮の事故めいた出会いがない限りは、自分が大吾の話をする相手は篠田しかいないし、自分の話の中に出て来る他人とは真実大吾ただ一人だ。

「これは……普通のことなんでしょうか」

「何がだ？」

「あの……いいえ。篠田さんも、さっき何かタブレットのニュースを読んで悲鳴を上げてらっしゃいましたが」

二十八歳になって正祐は、不意に初めて俯瞰《ふかん》で自分という人間を見たような気がした。

そうして見た者がとても怖くて、慌てて話を変えて気持ちを逸らす。

「ああ、ニュースというか文化面だが。おまえに話すのは少し躊躇《ためら》われるな」

「私に話せない文化的な出来事があったのですか？　それは文化大革命的なことでしょうか」

「いやいや、文革じゃなくて。真の文化の話だよ。聞いてないか？　それこそ東堂先生に。『凜々《りんりん》』の映画化の話」

少し懐かしい大吾の時代小説のタイトルを言われて、正祐が首を傾げる。

「ふとある日出て行ったきり帰らない亭主を、ただひたすら待ち続ける料理屋の女将《おかみ》凜の物語のことですか。映画に？」

「来年公開で、今日情報解禁日だったようだ」

「そういったことは東堂先生は、恐らくほとんど私には話されません」

「リテラシー高そうだもんな」

「それもあるとは思いますが。どうでしょう？　ご自分でメディア化のことを全く把握なさっていないので、解禁前に話しようもないのかと」

リテラシーが高そうだなどという言葉で情人を語られると、いや、こちらの負荷などお構いなしに守秘義務も何もあったものではないことを勝手に話すのが大吾だと、正祐は覚えていた。

話したいときに話したいことを話したいように話す。それが大吾で、篠田の言うリテラシーの掛かっている場所は全く違う。

「きりがないしな、先生の場合。ただ今回は初めて先生からヒロインのご指名で、それが話題のようだ」

「東堂先生が、凜役をご自分で？」

それは全く以て自分の知っている男のすることではないと、聞いて正祐も激しく吃驚《きっきょう》した。

「どなたなんですか？　凜は。と、申しましても私はテレビも映画も観ないので、お名前を伺ったところで」

「おまえのお母上だよ」

もったいぶるような話ではないと、何か観念したように篠田は言った。

「え」

「確かに合ってる。塔野麗子《れいこ》は凜に。初恋の女優に、東堂大吾からの……」

その先に書かれていた「熱い恋文」云々という煽《あお》り文句を、塔野麗子の息子本人に聞かせることではないと判断して、篠田が口を噤《つぐ》む。

「悲鳴を上げたのは、俺もおまえのお袋さんは初恋みたいなもんだからな。俺のナオミが、色悪の」

毒牙にと言い掛けて、いけないと篠田はまた不自然に言葉を切った。

「……東堂先生にとっては、春琴《しゅんきん》だそうです」

篠田が言ったナオミというのは麗子が演じた「痴人の愛」のヒロインで、大吾が少年期に下半身の世話になったと言っていたのは「春琴抄《しゅんきんしょう》」の春琴だった。

どちらも谷崎潤一郎《たにざきじゅんいちろう》の名作で、塔野麗子は文芸作品の常連でもある。

「おまえのお母上だとは、知ってるんだよな。東堂先生。さすがに」

正祐が、母親だけでなく、映画監督の父親、女優の姉、なんだかよくわからないけれどキラキラしたアイドルグループのどセンターにいる弟を持っている芸能一家の鬼っ子だと、同僚の篠田に打ち明けたのは去年だ。

正祐がどんなに世間知らずだとしても篠田は信頼の置ける人物で、家族から自衛のためにも秘すように言われていた一家のことを、きっかけがあったので初めて他人に話した。

大吾と正祐が親しくしていることは篠田もよくわかっているので、同じ話をしているのだろうにと多少首を傾げている。

「逆に言い難かったのかもな。おまえのお母上を自分が指名したなんて、そんなこと」

「どうしてですか？」

「あの人、無頼《ぶらい》と無骨《ぶこつ》を絵に描いたような男だろう？　それが初恋の女優をヒロインに指名したなんて、そんなミーハーな面があるとは親しい上にその女優の息子であるおまえに言えなかったんじゃないのか？」

「とても納得のいく理由ですね、それは」

情人が自分の母親をヒロインに指名した挙げ句それを黙っていたことは、正祐には普通に馬鹿な男のした馬鹿馬鹿し過ぎる行いだった。

「呆れたことです」

「だか俺もおまえのお袋さんのファンだから、機会があったら指名したいという気持ちはわかるよ」

心から呆れ返っている正祐に、大吾が憐れになったのか篠田が擁護《ようご》を見せる。

「篠田さんがですか？」

「男はいくつになっても、少年の心も初恋も忘れられないもんなんだよ。で、初恋の相手にはいつまでそんな大昔の話してるのよ気持ち悪いわねと追い払われてもなお初恋は消えないものなんだ」

「そのリアリズムについては、私、多分追求しない方がいいですね」

「成長したな。塔野」

社会力が上がったと、篠田は正祐を褒《ほ》めてくれた。

「しかし、東堂先生の女の趣味には一貫性がなさ過ぎるな。凛みたいな女性像もそうだし」

ふと、口調を変えて篠田が、それにしてもと肩を竦《すく》める。

いつの間にか篠田は、喋りながらも手元のパンを食べ終えていて、正祐は慌てて止まっていた箸を動かした。

「いや、好きな女優と恋人はまた別物か。それはそうか。そっちが普通だ」

「恋人……？」

一度もそんな話をしたことはないが、まさか篠田は自分が大吾の情人であることにまで気づいているのかと、結局正祐の箸が止まる。

「東堂先生は、実生活では賢女が……あ、すまんおまえのお母様が賢女じゃないような物言いだこれじゃあ」

「実際、母は賢女というイメージではないですが」

そういう振る舞いを母が敢《あ》えてしていることは、息子として正祐はなんとか理解していた。

「いや、言い方が悪かった。すまん。なんというか、華やかで美しい女優の中の女優じゃないか。おまえのお袋さんは」

「その表現にはなんの違和感もないです。実子という立場でも」

生まれながらの女優のような正祐の母親は、家の中でも外でもほとんど差違なく篠田の言うような女性だ。

「だが東堂先生がつきあう相手は、なんというか苛烈《かれつ》な知識人だ。なんなら自分と似た女性を恋人にしている」

「恋人にしている……？」

苛烈な知識人に、篠田が自分を数えてくれているのかこんなにも凡庸《ぼんよう》なのにと、自己認識力はまだまだの正祐が混沌《こんとん》として問い返す。

「おまえは浮き世離れしているから、聞いたことがないかこんな俗な話は。有名な文壇ロマンスだぞ」

「東堂先生に、ロマンスの噂が？」

ここまできて正祐は、篠田の言っている大吾の恋人が、自分ではないとようやく気づいた。

「随分昔の話だ。ほとんど伴侶みたいなもんだったし一時は結婚するかと思ったんだが」

過去、大吾が真剣につきあった相手がいることは正祐は何度も思い知らされているが、その想像の女性が実体を持ったことはない。

「そんなお相手が、いらっしゃったんですか」

尋ねるつもりではなくて、今初めて知ったことに正祐は自然と言葉を落としてしまっていた。

「芸能人じゃないから、二人とも隠さなかったしな。授賞式にはお互いを同伴していたりというか」

恋人同士であることを二人には隠す理由がなかったがと、言い掛けて篠田が口籠《くちご》もる。

「どっちかっていうと、東堂先生が同伴されていたな。出版社の新年会に呼ばれたことがあって、見かけたことがある。女性の方に、東堂先生が同伴させられていた。恋人というよりは、愛人扱いで」

「不倫ですか？」

「いや。年上過ぎたんだ、相手が。干支《えと》一回りじゃ済まない上に、当時東堂先生は二十代だったから。扱いとしてはラマンだろうそれは」

ツバメと言われないだけマシだと篠田は、マルグリット・デュラスの少女時代の自伝的小説「ラマン」に喩《たと》えて、二十代の大吾を語った。

「……東堂先生が、ラマン」

ラマンの頃デュラスは少女だったが、何しろ正祐にとって大吾は、今の姿のまま生まれて来たような威圧感を常に押しつけてくる相手だ。

若い青年だった頃があって、年上の女性の愛人として世間に見られていたところなど全く想像がつかないし、その女性に連れられていたと言われると誰の話なのかもわからなくなる。

「俺にはいい連れ合いに思えたがな。切磋琢磨《せっさたくま》して高め合って、二人とも殺し合う勢いで競うように傑作を書いていたから。いい刺激になってたんじゃないのか？」

「それは」

だがそうして作品を絡めて語られると、なるほど大吾の恋愛の話だとようやく腑《ふ》に落ちて、どの時代の執筆に力になった人なのかとやっと想像が及んだ。

「本当によいお相手だったんですね……」

それは若手作家だった大吾には理想的な女性との日々だったのだろうと、終わった筈の恋をなんとも言えない気持ちで正祐が思う。

「どうして別れてしまわれたんでしょうか」

今の大吾をきっとその恋愛が作り上げる手伝いをしたのだと思うと、敬うべき恋だと頭ではわかりながら、正祐はまた胸が水に浸かったようになるのを感じた。

「……おまえ本当に何も知らないんだな。有名な話だが、東堂先生と個人的に交流のあるおまえに語るのは俺も躊躇《ためら》う」

「お二人のプライベートな問題だと思われますが、何故それが公然の元に晒《さら》されたのですか？週刊誌にでも？」

新年会で見かけたことはともかく、何故そんなに篠田が詳しいのかは、世事に疎い正祐にさえ不思議なことだ。

「おまえの言う通り公然の元に晒されている話なんで、おまえが今夜鳥八《とりはち》で東堂先生にこの件を訊く可能性を考えると、心から恐ろしいので今俺が話すが」

こういう流れにしてしまったのは自分だし、ここまで来たら説明しないと仕方ないと、篠田は腹を括《くく》ったようにまた眼鏡を掛け直した。

完全に手の止まった正祐は箸を置いて、大吾のどんな過去が教えられるのかと背を正す。

「同業で、年の差のある美男美女カップルで世間も注目していた。同日発売の同じテーマの本という企画を立てた出版社があって、その宣伝を兼ねて対談したんだよ。テレビで二人が」

なるほどそれは確かに興味深い企画で、その女性の本も読みたいとずれたことを正祐は思った。

「ご結婚はお考えにならないのですかと、司会者が訊いてだな。東堂先生が二十代で、相手は四十だ」

「かなりの年の差ですねそれは」

しかし、いつでも生まれたときから大人のような顔をして見せていたのだろう大吾なら、年下で頼ることの多い自分のような相手より、多くの知識と教養と経験を持ち、成熟した考えを与えるだろう四十の女が似合っていると認めざるを得ない。

「東堂先生が、自分にはいつでも彼女を娶《めと》る準備はできているというようなことを言ったら、お相手が」

今現在自分の相手である男は、何故その女の手を放したのだろうかと、正祐は不思議な気持ちで篠田の話を聞いていた。

「その日は永遠に来ない。作家としての彼に敬意が持てなくなったので、丁度別れようと思っていたところですと。それはまあ艶然《えんぜん》と美しく微笑《ほほえ》んで」

「……本当ですか。そんな……」

「収録だったと思うんだが。敢えてそこを編集しないことを、東堂先生は当時断ることも情けないと思ったのかもしれないな。若さ故に。若いって辛いことだな。気の毒だよ」

篠田の推察する二十代の大吾の意地は、想像に難《かた》くない話で正祐もその若者が辛い。

「俺はあんな残酷な目に遭《あ》った男を見たことがない……男の立場で言ったらなんだが。二十代の男が四十の女と結婚すると言って、その女に公衆の面前でこっぴどく振られるという二重苦三重苦の大事故だ。という訳で、触れるなよその件には」

念を押されて、本当に凄惨《せいさん》な出来事だと正祐も思いはしたが、心を冷たくされているのは大吾が手酷《てひど》く振られたせいなどではなかった。

「ご結婚を、東堂先生はお考えになっていたんですね……」

見知らぬ女性と大吾は濃密な時を過ごし、生涯の相手と思ったことがある。

頭ではそんなこともあるとわかっていたはずなのに、冷たくなる正祐の胸はまるで理解に辿り着けない。

「すみません。そのお相手は私も知っている方でしょうか」

無意識に口を開いた正祐に、篠田は手の止まっているデスクの端を指した。

「それ」

篠田の指の先には、今正祐が夢中で読んでいる本が、静かに横たわっている。

「それがそのときの本だよ。同日発売の」

紺碧色《こんぺきいろ》の美しいカバーに包まれたその本は、冬嶺瑤子の過去作品だった。


年末進行の行進をいよいよに耳元で聞く頃になると、大吾《だいご》は急用ではない限り電話さえするなと言う。それが出会った最初の年の、去年の師走《しわす》だった。

まだそこに突入する前にいつもより会う頻度《ひんど》が高くなったのは、大吾なりに去年の記憶があるからかもしれないと、当てにならない男の記憶を頼りにしながら呼ばれるまま正祐《まさすけ》は情人の家にいた。

「何度目の再読だ」

見るからに古い黒い背表紙の文庫を居間の窓辺で読んでいる正祐に、紫檀《したん》の座卓で嘉永《かえい》時代の新しい資料を捲《めく》っていた大吾が笑った。

「何度目でしょう。でも随分と久しぶりです、太宰《だざい》は」

床《とこ》の間《ま》の、大吾の祖父の遺言である「散る桜残る桜も散る桜」という言葉が書かれた掛け軸を見上げて、丁度短編の一つを読み終えたことに気づかれたかと、正祐が笑う。

小雪《しょうせつ》を過ぎて満ち始めた夜空の月が、冴え渡るように冷たく浮かんでいた。

「今更太宰とは、何かきっかけがあったのか」

「夏にあなたに豊島与志雄《とよしまよしお》の文章の癖の話をしましたら、太宰治《おさむ》の葬儀委員長だなとおっしゃって」

「俺には豊島与志雄はそういう人物だ。桜桃忌《おうとうき》とセットになってる。日本文学者という認識は薄い」

「仏文学者と考える方が、確かに自然です。それで、太宰治のことを考え出して」

今こうして文庫を手にしていると正祐が言うと、その理由は大吾にも得心がいくもののようだった。

——それがそのときの本だよ。同日発売の。

夢中で過去作品を追っていた冬嶺瑤子《ふゆみねようこ》は、大吾が結婚まで考えた相手だったと篠田《しのだ》に知らされてから正祐は読むのを休んでいる。

敢《あ》えて大吾の目の前で読むほど剛胆でも意地が悪くもないという理由もあったが、美文で澄み渡るような世界に、正祐自身が素直に浸《ひた》れる自信がなかった。

「それで『ヴィヨンの妻』を選んだのか?」

「表題作ではなくて、この中に入っている短編が好きなんです」

「『トカトントン』か」

あっさりその短編を言い当てられて、こういうとき正祐は何度でもとても不思議な、なんとも言えない気持ちになる。

その思いは、「トカトントン」を括《くく》るマタイ十章の言葉に出て来るゲヘナよりは、限りなくアブラハムの懐《ふところ》に似たあたたかさだった。

ゲヘナは地獄、アブラハムの懐は天国を表す。

「何も背景を知らずに子どもの頃に読んだときに、感銘を受けました」

この短編は、戦争から帰った男の虚無を、手紙という形で語るものだった。ポツダム宣言を受諾して終戦を迎えたとき皆死ねと上官に言われて、男は自決を決意する。

死のうと思いました。死ぬのが本当だ、と思いました。

その単純な言葉こそ本当だと、読んでいる正祐には恐ろしく思えたところで、男には不意に兵舎の方から「トカトントン」という金槌《かなづち》を打つ音が聞こえて死ぬ気もなくなり虚無が訪れる。人生の全てにその音が鳴り響くようになった。

「俺もそこは同じだな。その男が実在して太宰に熱心に手紙を書いていたことや、最後の皮肉な言葉が太宰そのものだと知らずに読めた方がいい。遠野《とおの》で読んで、じいさんに解説されたときは腹が立ったもんだ」

同じような記憶だと、大吾は少年の自分を振り返って笑った。

「けれどその男性は、幻聴は聞こえていなかったし太宰への手紙にそんなことは書いていなかったとは、何かで読みました」

「切り離して立派な創作だと思えるようになるには、そこから十年かかったな。俺は。太宰の人となりがまた……」

「目茶苦茶にも程がありますからね」

「『身を殺して霊魂をころし得ぬ者どもを懼《おそ》るな、身と霊魂とをゲヘナにて滅し得る者をおそれよ』。聖書の言葉に霹靂《へきれき》を感ずることができたら幻聴は止むはずだと、太宰に言われてもと思ったよ」

自殺未遂、不貞、中毒、借金、自意識の混沌《こんとん》と自己陶酔による破滅とも考えられる放蕩《ほうとう》の限りの生涯を入水《じゅすい》で終えた男に説教などされたくないと、苦々しく大吾が言う。

「ご自身への言葉だったんでしょうね。幻聴が創作だったということは」

「そういう最中《さなか》に書かれているしな。俺は太宰は死にたくないのに格好をつけて何度も自殺をした中で、玉川《たまがわ》入水はたまたまうっかり死んだものだと思っていたが」

「実際、女性に強要されたという説が有力でした。愛人の山崎富栄《やまざきとみえ》の無理心中だったと」

長くそういう通説があったことは、文学史や文学論で語られ続けていたことだった。

「さもありなん情けない男だと思ったが、いつだったかそれこそ桜桃忌《おうとうき》にちゃんとした遺書が公開されたな。書きたくなくなったので死ぬ。目茶苦茶な人生を送った男だったが、俺はその言葉が様々な説の中で初めて腑《ふ》に落ちたよ」

「……共感するということですか？」

「今はまだ想像がつかないが、もしかしたら俺にもそういう日が来るかもしれない」

心から嫌だと、資料を閉じて大吾にしては珍しく少しの怖さを目に滲《にじ》ませる。

「そう俺が言葉にするときには、書きたくないんじゃなくて書けないんだろうよ。格好つけて、書きたくないと言っているだけだ。書けなくなったら、女が一緒に逝《い》くと言ってくれたら玉川にでも神田川《かんだがわ》にでも入るさ」

「私が……養って差し上げると申し上げたではないですか」

書けなくなったら女と死ぬ選択しかないのかと、吃驚《きっきょう》して正祐もまた文庫を畳に置いた。

「俺の書いたものを最も愛したおまえの側で、書かずにおまえに養われて俺が生きられると思うか？」

「じゃあどうしたらいいのですか」

「喩《たと》え話だ。俺が書けていれば問題はない」

そんな必死な顔をするなと、まだ全く現実味のない話であることに大吾は笑う。

「……けれど、愚かな方が扱いやすいというのはそういうこともあるのかもしれませんね」

文字など追わず大吾の小説を理解するどころか一文字も読まず、ただ寄り添って世話をする存在でなければ、書けなくなった大吾を生かすことはできないのだと正祐は知った気がした。

「おい。そんな深刻に受け止めるな。とりあえず太宰をよくよく思い出してみろ。そこまで破綻《はたん》した人生を俺は送れているか？　太宰に比べたら俺なんぞ、凡庸《ぼんよう》で品行方正の安定したサラリーマン作家だ」

「それは言い過ぎ……でもないですね。太宰に比ぶれば」

「そうだろう」

なかなか人はそこまでのことを三十八年の生涯の中にやれるものではないと、大吾の言葉にやっと正祐も笑う。

「真面目な話、狂人なのかと思う遍歴《へんれき》だ」

「しかし引き合いにするお相手としては、どうかと思います。あなたは狂ってはいませんが、目茶苦茶ではないと断言されると私もそこは否定に言葉を尽くさなければならなくなります」

凡庸な品行方正の安定したサラリーマン作家という、一体誰のことだという言葉で大吾が自分を表したことが正祐の脳にしっかり届いたのは今で、比較に太宰がいたとはいえその認識は放置できないと真顔になった。

「おもしろい。尽くしてみろ」

人の悪い笑みを浮かべて、大吾が立ち上がって灯りを消す。

「どうして灯りを消すんですか？」

窓辺にいる自分の隣に来て腰を降ろした大吾を月明かりの中に見つめて、正祐は尋ねた。

「闇の中の方が人は饒舌《じょうぜつ》になる」

「それはそうでしょうね。感覚が一つ遮断されれば、一つの感覚に集中するものですから」

「つまらん言い様だな」

「饒舌にあなたへの否定を尽くすのであれば、私という情人を持ちながら同じ顔をした母親を自著のヒロインに指名するという無節操さに、品行方正という四文字を当て嵌《は》めないでいただきたいと言いたいです」

青い月の下にまっすぐ大吾を見て、触れたくなかったが機会をくれるというなら咎《とが》めさせてもらおうと、正祐は「凛々《りんりん》」のことを言った。

「……俺は言い訳は嫌いだが、おまえはその人の実の息子で俺の情人という立場だ。仕方がないのでこっちも言葉を尽くすが、あの映画の話はおまえと出会う前に決まっていたんだ。凛役は塔野麗子《とうのれいこ》と。撮影も済んでる」

「あなたという人には、本当に言い訳が似合いませんね。そうまで言い訳であることが滲んでしまうところは、心からご立派だと思います」

「何が言いたい」

「初恋の女優にヒロインを依頼した、ご自分の俗な行いが恥ずかしいのでしょう」

虚を突かれるとともに本心を抉《えぐ》られて、実際似合わない言い訳を尽くした大吾は黙り込んだ。

「吉行淳之介《よしゆきじゅんのすけ》の『暗闇の声』の方がまだマシだな……」

「あの不気味な物語よりは、私の言葉の方がまだ怖くないと思いますが」

「そもそもプロデューサーが、俺が初めて初恋の女優を指名したということ自体が企画だと言ったんだ」

「あなたの口からメディアのプロデューサーの言い分に屈した話どころか、その言い分に耳を傾けた話を聞くのも初めてです」

冷ややかな瞳で正祐が、確かに「暗闇の声」の方が大吾にはマシなのだろう羞恥を与える。

「ああ言い訳だ。俺は今みっともない言い訳をおまえに聞かせた。俺はガキの頃蠱惑《こわく》されて下半身の世話になった美人女優に、自分の書いた女を演じてもらいたかっただけだ。満足か！」

「何一つ満足しておりません。私は大変不満です」

その美人女優が自分の実の母親でありがたいわけがないだろうと、正祐の瞳は冷たさを増すばかりだった。

「それはご不満だろうよ。だが俺にもたまにはこのくらいの俗は楽しませろ」

「まあ……映画の中で母が演じるくらいのことは。私は複雑ですが、目を背ければいいことです」

そもそも家族の関わる作品全てから目を背けている上に、原作が目の前の男なら正祐にはとても正視できるものではない。

「今度初めて会う。塔野麗子に」

「……何故ですか」

そうしてこの事実をなんとか流そうとした正祐の心に、大吾の言葉が荒波を立たせた。

「宣伝のための短い対談だ」

「あなたそういうことは、普段ほとんど引き受けませんよね」

「会いたいんだ。春琴《しゅんきん》に」

散々に情人に苛《いじ》められた結果、大吾はすっかり居直ってしまった。

「人妻だったな、しかし」

「それ以前に、あなたの情人である私の母親です。私を産んだ人です」

人妻なのが惜しいというような声をたてた大吾を、強く正祐が非難する。

「複雑な関係だな」

「関係しなければいいんです！　もしもあなたが私の母親と関係するようなことがあったら……っ」

開き直ってなんということを言い出したのかと、平素静かな正祐の声も裏返った。

「本当のところ、五重くらいの意味で全くする気はないが。関係するようなことがあったら、おまえはどうするんだ。そこは聞いておきたい」

「悪趣味ですねあなたは……」

キョトンと少し子どものような顔をした大吾が、言葉通りただの興味で聞いているのはわかって、母については安心したものの呆れる気持ちは容易には消せない。

「まずあなたを殺して」

それは仕方のないことだと、正祐は法を犯すことについてはあきらめた。

「母親は殺せないので、私を殺します」

「……物騒なやつだな」

何故母親と関係した情人を殺すのが物騒だと言うのかと、恐ろしい者を見る目をする大吾の方が正祐には不明だ。

「そうでなくても私は時々、あなたを殺す想像をしますよ」

「はあ⁉」

考えもしない大吾が不遜《ふそん》だと教えた正祐に、聞かされた大吾の声が裏返る。

「当たり前でしょう」

「何処《どこ》が当たり前なんだ！」

「最初の晩からしばらくはずっと」

その吃驚の方が不当だと、正祐は大吾の勢いにはつきあわなかった。

「牛裂きの刑にあなたを処すことを、ひたすら想像し続けました」

犯されるか殺されるかどちらかを選べと言って置きながら、命乞いをした正祐に対して更に、性暴力は自分のモラルが許さないので完全合意しろと大吾は合意を押しつけた。

もっと残酷な処刑法があるならそれに処したいと、一時期正祐は世界残酷史を読み耽《ふけ》った。

「あれはおまえ、それはおまえ、想像でもないだろう……どんなに剛胆ぶっても牛裂きの刑に処されることになったら俺も平常心ではいられないぞ」

「でしょうね。それも想像しました」

泣いてこの男が命乞いをする処刑法があるならばと、正祐の想像はそこまでがセットだった。

「けれど、草を食《は》んで生きている牛を火で追って殺生《せっしょう》を強要するなどとそんな真似をしてはならないと、思い留まり」

「おい！　というか、言ってたなおまえそれ!!　訳がわからんので逆に覚えているぞ！」

この部屋でこの窓から鬱蒼《うっそう》とした庭を物憂《ものう》げに見つめながら、確かにその日常にない言葉を正祐が口にしたのを思い出して、大吾が似合わない悲鳴を上げる。

「お心に留まっていて何よりです。そのように私は折々に、あなたを殺すことはよく考えます」

「本気なのか。愛していないのか、俺を」

一体全体どういうことだと、口を開けて大吾は正祐の顔を恐ろしげに見た。

「愛しています。あなたしか愛していません」

「ならその唯一無二の相手を、何故殺すことを考える。しかもおまえ、結構本気で考えているだろ。それ」

正祐の中にその想像がリアルにあるとしっかり感じ取って、それは本当にわからないと大吾が問いを重ねる。

「実行はしませんよ、あなたが母と関係しなければ。ここは法治国家《ほうちこっか》です」

「俺が尋ねているのはそこじゃない。何故、最愛の男を殺す想像をするんだおまえはと訊いているんだ」

「それは」

論点がずれていると正されて、正祐も母のことに限らず時々大吾を殺す想像に浸っている自分に気づかされた。

「何故でしょうね。でも確かに、最近もまた考えました」

言われれば本気で、ごく最近も考えたことだ。

「いつ、何故、考えたのか教えろ」

問われて、長く正祐が、いつどうして大吾を殺そうと考えたのかに思いを馳《は》せる。

「あなたが少しもままならないからです」

殺すほどの理由ではなく自分が理不尽だとは、自覚せざるを得なかった。

「ままならないから殺すのか?」

「だから殺しませんよ。殺したいと思ったという話です」

これ以上正祐は、自分の理不尽さを大吾に教えるのも嫌だったし、最近の情人への殺意の理由としっかり目を合わせるのも嫌だった。

「おまえという人間は」

子どものように俯いた正祐に、ふと、大吾が笑う。

「おもしろいな」

牛裂きの刑に処される動揺は早々に去ったのか、もういつものように大人の男の目をして大吾は本当におもしろそうにしていた。

「おもしろいですか」

回復力の早さにまた呆れながら、子ども扱いされていることが不満で正祐が尋ね返す。

「出会ってからは、一年半か。まだ訳がわからないところがあるのがおもしろいよ。おまえさんは」

「読み解けない本のようにですか?」

「まあ、そうだな」

「だとしたら、読み解き終えたらどうなるのでしょう」

自分でもわからないところを大吾がわからないと言っていると気づいて、わかる日が来たらどうなるのかと、正祐は無意識に不安に摑まれた。

「おまえが読み解ける日が来るとは思えん」

「ほら……ままならない」

聞きたい言葉は、返らない。

「何がだ」

「質問に答えていないからです」

この男とともに在るようになってから正祐は、安寧《あんねい》が与えられたことがほとんどなかった。

望む言葉が与えられないのが常だ。

それともそういうものなのだろうか、他人という者はと、初めて正祐は思った。

「……そうだった」

独り言なので言葉が丁寧語ではなくなった正祐に、大吾が首を傾げる。

そうだ。このままならない男は、他人だった。

今日初めて正祐は、やっとそのことに思い至った。ここのところ癒《い》えない胸の冷たさが月よりも増して、こういうときどうしたらいいのか正祐はまるで知らない。

いつでも自分のそばにあったのは小説だと、手元に置いていた本の中に、正祐は逃げ込んだ。

だが月灯りに必死に文字を追っても、物語は今、正祐を少しも助けてくれない。

「目を悪くするぞ」

文字の上に大吾が、大きな掌《てのひら》を置いた。

「俺も太宰の作品の中ではそれが一番好きだ」

俺もと、惑わず大吾は、「トカトントン」のことを言った。

自分もこれが一番好きだとはさっき言葉にしただろうかと、正祐が思わず顔を上げる。

「人はそういうものだと思った。『人間失格』より余程わかりやすい」

いや、一番とは言っていない筈だ。

「そうなんです……私も、人はこういうものだと」

「ある日気持ちが折れたというだけの話だが、音が聞こえて虚無になる自分を自分で制御することも無理だ。ましてや他人がままならないのは、当たり前のことだろう」

本の話をしながら、大吾はきちんと正祐のさっきの呟きにも答えてくれていた。

「戦時という非日常を知って自決を思い留まった男の耳にトカトントンと聞こえることも、永遠に自分では止められないんだ」

「私」

とても好きな短編で、正祐はずっと一人で繰り返しこの小説を読んでいた。

「この小説の話を、初めて人としました」

これからもずっと一人で読むのだとそのことを疑うどころか考えたこともなく、こんな風に誰かと物語について、そして自分と、自分に向き合うその人について言葉を深める想像も、正祐には今までまるでなかった。

「他人と」

まっすぐに、けれどぼんやりと正祐が大吾を見つめる。

「この小説だけじゃないです。私はあなたと出会って」

「他人って、おまえ」

どういうつもりだと苦笑した大吾の声は、正祐には届かなかった。

「『不幸な子供』の話も、『源氏物語』の話も、『奉教人《ほうきょうにん》の死』の話も」

去年の春に出会ってから、大吾との間に交わされてきた物語は数限りない。

「大切な祖父の話も」

そして、自分のこと、大吾のことも。

「初めて他人としました」

けれど、この他人はそうではないと、最近になってようやく正祐は思い知った。

何もかもが正祐には唯一無二の相手は、今までも自分と同じように自分を分け合って、生涯を共にしようとした相手さえ存在する。

そして正祐は、以前は「トカトントン」は一人で読んでいればそれで充分だった筈だったが、今は違うのではないかと胸がまた冷たい。

「おまえの言葉が、話し始めた幼子のようにまるでわからない」

大吾にしては随分とやさしく笑って、本に載せていた掌でそのまま正祐の頬を抱いた。

あたたかだと、その他人の肌を正祐は受け止め切れない思いがした。

「まるでわからないよ」

「……っ……」

けれど構わず大吾は正祐を抱いて、唇に唇を合わせてくる。

抗《あらが》えずしがみついた正祐への所業は深まって、大吾はそのまま畳の上に正祐の体を寝かせた。

わからなさを抱いて埋めようというのか、大吾の唇が正祐のうなじを辿っていく。

「ん……」

いつもなら「こんなところで」ととりあえずは止める正祐も、冷えるばかりの胸に大吾の体温を求めてしがみついた。

「……んあ……」

常とは違う正祐が情動を煽《あお》ったのか、大吾にしては性急に肌を暴いて求めてくる。

中途半端に衣服を纏《まと》ったまま下肢を探られて、それでも正祐は大吾に逆らわなかった。

やがて、当然のように部屋に置かれていた脂を指に取って、大吾が正祐の体の中を探る。

「……んっ、……っ」

背後から大吾は、正祐を抱いた。

言葉もなく大吾がゆっくりと自分の内側に入って来るのに、正祐は後ろから重ねられた大きな手にしがみつく。

「……あぁ……っ」

発したことのない声で、この男のそばで正祐は何度も喘《あえ》がされている。

性のことは、正祐には過剰過ぎた。

こんな過剰を他人と分け合うことも、大吾に抱かれるまで考えたことがなかった。

「んあ……っ」

肌が熱を持つ。

息づかいが変わる。荒く、熱く、昂ぶりそれが繰り返される。

彼も、自分も。

身の内にいるこの男は、他の男だ。

自分ではない、他の、男だ。

「……っ……」

何故他の男が己の中にいることが、こんなにも自分を昂《たか》ぶらせるのか。

他の男が自分の世界に存在しなかったときの自分を、正祐はまだ、鮮明に覚えていた。

長い時を正祐は、一人で満ちて生きられた。

だが、トカトントンと音が聞こえ始めたらもう、聞こえなかった自分には戻れないのと同じに、そこには戻れない。

「……正祐……」

低く濡れた声で、正祐を大吾が呼んだ。

名前を呼ばれて正祐が、身を震わせる。

果てたと知って大吾が、正祐の中を熱く濡らした。

互いにまるで息が整わず、折り重なったまま身動きもできない。

「……今」

ようよう漏れた声で、まだ自分から退こうとしない男に正祐は言った。

「あなたを殺してしまいたい」

呟いた正祐の目元を、問うように大吾が覗き見る。

「いいえ」

大吾の瞳に僅かな罪の意識が見えて、そうではないと正祐は首を振った。

「私は今、あなたに殺して欲しいのです」

まだ身の内にいるこのときにと、息を吐く。

意味が伝わったのかそれともただ体を煽られたのか、そのまま大吾がまた熱を持った。

「……こうしてか」

「んあ……っ」

果てた筈の男に濡れた肉を揺すられて、掠れた悲鳴が喉から出て行く。

「……比喩《ひゆ》では、ありません……」

本当に抱いたまま殺して欲しいと正祐は思ったけれど、理由は言葉にして語れるようには、
自分でもわかることができなかった。

いよいよ師走《しわす》に入り、出版業界だけではなく街全体が忙しない。

そこかしこに存在感を見せるクリスマスツリーやリースとともに、西荻窪《にしおぎくぼ》の普段はゆったりとした商店街さえも、年末大売り出しだと騒がしかった。

「心なしか西荻窪なのに人が多い……」

それは一体どういうことだと思いながら、ぼんやりと正祐《まさすけ》は日曜日の書店前に立ち尽くしていた。

未だ出版界にはこの二人を並べて配本することに価値があるのか、それともたまたまなのか、正祐が校正していない大吾《だいご》の新刊と、冬嶺瑤子《ふゆみねようこ》の新刊が隣り合って平積みになっている。

「あの人もまた、懲《こ》りずに文芸小説を」

その大吾の新刊に正祐が関わっていないのは当然で、年に二回ほど出る時代小説ではない文芸の本だ。

懲りずにと言ってしまったが正祐は発売日には大吾の新刊を読んでいて、深みを増しているのにまた文学賞を逃すのだろうから、良いのか悪いのかわからないけれど厄介だとため息が出た。

傑作であることに間違いはないので、評価されないと大吾はひとくされはする。そこは行事のようなものだ。

一方冬嶺瑤子の本は、話題になり評価されて、よく売れて賞にもノミネートされ始めている。

「偶然なのか、打ち合わせがあったのか」

偶然ほとんど同時に出て隣に並んだと思うには、装丁も揃えたようだし、帯を見る限りではテーマも同じだ。

いや、偶然であるわけがない。

大吾のカバーは真紅で、冬嶺瑤子のカバーは深い藍色で並べると夫婦のような本だ。

美しい冬嶺瑤子の本を眺めて、この間まであれ程夢中で読んでいた彼女の本を手に取ることもできないほど、凍《こご》えている自分に正祐が気づく。

「……全く意外ではないけれど多情なあの人が、浮気をするような気がしているんだろうか。私は」

その凍えは真冬の寒さのせいではないとは、正祐にもわかった。

浮気をしないとは、大吾の口から聞いたことがない気がする。

「それが心配なんだろうか、私は。よく考えてみなくてもあの人は、古《いにしえ》の封建主義の象徴と言われている歌謡曲『関白宣言《かんぱく》』よりなお、最低最悪の封建主義者」

現代では批判されているという理由つきで耳にしたことのある昔の歌の中で男は、浮気について曖昧《あいまい》にしていたと正祐は思い出した。

「東堂《とうどう》大吾と浮気はとても親和性が高い……むしろ、しない方が不自然」

浮気をするのは構わないと、無意識に自分が考えていると気づいて正祐はその感情に驚いた。

それなら一体何故《なぜ》こんなに凍えているのだと、じっと本を見つめるのを止めて、駅に歩き出す。

正祐の住居は、大吾の住居や勤め先の庚申社《こうしんしゃ》と同じく、暗渠《あんきょ》の上にある松庵《しょうあん》という土地にあった。

その松庵は本屋のある北口とは反対側で、帰宅のために駅の中を通る。

すると見覚えのある長身の金髪の青年が、改札のところで大きく手を振っていた。

少し久しぶりになる、北口在住の若手新進気鋭にも程がある時代小説家、伊集院宙人《いじゅういんそらと》がクリスマスツリーと同じ程の存在感で立っているのに、どんなにぼんやりしていても正祐も気づかず通り過ぎることはできなかった。

かわいらしい女性を見送り終えて宙人は、偶然真横にいる正祐に向き直る。

「わー！　塔野《とうの》さんに見られちゃった!!　恥ずかしい！」

どうやら宙人は、笑顔で女性を見送っていた姿を見られたことが恥ずかしくて大きな図体《ずうたい》で両手で顔を覆っていると、正祐が気づくには長い時間を要した。

「ご無沙汰しております、伊集院先生。かわいらしい女性でした。恋人ですか?」

「妬《や》いてくんないの?」

「私が妬くのは、大変なお門違《かどちが》いかと思われますが」

つまらなさそうに口を尖らせた宙人が、幼い思いを自分に向けてくれたことくらいは正祐もわかっていたが、大吾がいることも示した上で丁寧《ていねい》に固辞しておきながら、女性がいるのに嫉妬するのは理不尽が過ぎるだろうと肩を竦《すく》める。

「まあ、そうなんだけどさ。俺が塔野さんに気があるの知ってるんだから、ここはちょっとくらい複雑な顔してくれてもいいとこだよー」

世界が宙人ほどあっけらかんとしていたなら、自分は今こんなに寒くない筈だと、珍しく正祐はその子どものような笑顔に癒《い》やされた。

「よくないと思いますよ。お幸せそうで何よりです」

「……だって、塔野さん俺のものに当分なってくれそうもないし」

恋人であることは否定せず、拗《す》ねたように宙人がたんぽぽのような髪を掻く。

「そうすると、伊集院先生は女性が必要となってくるわけなのですね」

やはり世界にはそういう方程式があるのかと、自分とは違う他者の理屈を正祐は知ろうとした。

「や、その言い方は!」

けれど宙人は、そういうことではないと声を張る。

「彼女に失礼です。好きになったから一緒にいるんだよー」

拗ねたのは自分だけれどと、いたずらっぽく宙人は笑った。

「それは……大変失礼な言い方を致しました。申し訳ありません」

「俺が軽薄な言い方わざとした！　ま、そこは男のしょうもない未練だと思っといて。どっちにもいい顔したいのだ」

悪びれず言い放った宙人に、幼い人が愛らしいという正祐の気持ちもついに果てる。

「やめて塔野さんその能面みたいな顔……」

だが能面の方は、自分がこういったことについて他者に尋ねられる数少ない機会が巡ったと、ふと気づいて頑なになった唇をまた開いた。

「伊集院先生に、一つお尋ねしてもいいでしょうか？」

「あ、珍しいね塔野さんから俺への質問！　どうぞ!!」

何か訊いてくれるのかと、張り切って宙人が混み合う師走の改札から少し歩き出す。

「恋人を求めるというのは、どういうお気持ちですか？」

確かに自分たちは邪魔だと、とりあえずは南口に正祐も一緒に歩いた。

「えー？　好き、かわいい。……エッチしたい」

いつでも健《すこ》やかな様子の宙人は、素直にその気持ちを正祐に教える。

「それは一人では難しいですか」

そういうことも可能な筈だと、読書と同じ感覚で正祐は尋ねた。

「一人でするより気持ちいいし」

困ったように宙人に答えて貰わなくても、自分ではない者と肌を合わせる名状しがたい感覚は、正祐も大吾に思い知らされてはいる。

「他人と一緒にいるって、でもだいたいそういうことかな？　他人と一緒にいたいんだよ」

「その言い方だと、誰でもということになりませんか」

尋ねながら正祐自身も、どんな答えを目の前の青年に望んでいるのかはわからなかった。

「ううん。一人の人だなあ、俺は」

何処《どこ》からともなく流れるジングルベルを見上げるようにして、屈託《くったく》なく宙人が笑う。

「一人の人と決めたら、人はその人しか愛さないんでしょうか」

「永遠にってこと？」

質問の意図がわからないと、宙人が正祐に訊いた。

「いいえ……そうではなくて。そのときは、一人の人としか向き合わないものと決まっているのですか？」

「決まってはないんじゃない？　うーん色んな人がいるからなあ、それは。何人もの人と結婚できる国もあるんでしょ？　ハーレムとかさ」

「憧れますか」

子どもっぽく宙人の声が浮かれたのに、何故なのか正祐が少し安堵する。

「いや……男友達でそういうこと言うやつ、結構いるけど。俺それ乗れないヤツかな。二人とかムリムリ。愛は一人の人に向かうもんだよ、俺はね」

「それは一般論に近い感情ですか?」

ごく普通の誠実を宙人が語っているとわかったのに、正祐の安堵はまた何処かに行ってしまった。

「もう少しやさしい言葉で話してよー」

意味がわからないと、宙人が伸びをする。

「大勢の人が、あなたのように思うものでしょうか」

一体何を確かめたくてこんなことを訊いているのだろうと、尋ねながら何度でも正祐は惑った。

「大勢……まあでも、大抵はそうなんじゃない? 日本は法律もそうなってるし。てゆか、二人目は浮気っていうくらいだから。本気の相手って、一人なのは普通なんじゃないの?」

「そうですか。なら……」

なら、なんだというのか、とうとう言葉が出なくなる。

一人の人と思った女性と結婚まで考えた大吾は、その人との時間をどうやら終えた。

そして今は、その女性と向き合っていたときのようにかはわからないけれど、自分の情人を名乗っている。

この先の明日は、彼の一人の相手はどうなるのだろう。その相手である自分の相手は、どうなるのか。

「塔野さん大丈夫？」

熱を測るようにして宙人に顔を覗き込まれて、どうやら大丈夫ではないと自覚しながらも、不安の正体を正祐ははっきりとは見つけられなかった。

気の早い土佐文旦《とさぶんたん》を大量に貰ったから取りに来いと一方的に言いつけられて、それでも正祐《まさすけ》は仕事帰りに大吾《だいご》の家に寄った。

「年末進行、越えられたのですか？」

普段、仕事のことはなるべく話題にしないようにしているが、クリスマス前のこの時期、去年大吾は電話も掛けるなと言った筈だと、進行を危ぶんで正祐が尋ねる。

「越えられていないが、荒れている」

居間の紫檀《したん》の座卓の上で豪快に土佐文旦を剝《む》きながら、確かに荒れた声で大吾は言った。

「それで土佐文旦を餌に私を……」

「実際こうして大量に届いた！　お歳暮なんぞいらんと言っているのに。おまえ剝くの下手《へた》だな」

木通《あけび》の籠《かご》に積まれた土佐文旦を乱暴に一つ与えられて、正祐はまだ分厚い皮を剝けずにいる。

「指に力が入らないんです」

随分美しい木通の蔓《つる》で編まれた籠なので、かなり気の利いた人物からの贈り物なのだろうと、それは文旦の香りからも漂った。

「随分筆圧が高い、しっかりした楷書体《かいしょたい》の字を書くが」

「そのためだと思います。校正者になってから文字を書く時間が圧倒的に増えたので、こういった指に力のいることが不得手になりました」

「なるほど。それは大事な指だ」

よこせと大吾が、正祐から文旦を取り上げて易々と分厚い皮を力強い指で剝く。

それが驚く程嬉しい自分に、正祐はけれど戸惑いはなかった。

校正者として書き込むための指が、大切だと今大吾は言ってくれた。校正者としての自分を、大吾は大切に守ってくれた。

それは男に守られる情人の悦《よろこ》びとは違って、この指が役立っていると信じられる幸いだった。

「……それにしても、あなたの執筆がタイピングだとは知っていますが」

だが文筆業である大吾の指の屈強なことはどういうことだと、そこには戸惑う。

「それでも腱鞘炎《けんしょうえん》を患《わずら》う先生方が多いと聞きます」

作家でありながらどうしてそんな頑丈そうな指をしているのか不思議で、今初めてそのことに気づいて正祐は大吾の節くれ立った指をまじまじと見つめた。

「体質だな」

「そんなことあるんですか？」

「肩こりぐらいは俺もあるが。座業につきものだという話の腰痛にもならないし、腱鞘炎も気配はない。生まれつきこういう骨格だと、前にカバーを描いてくれた画家に言われた」

それをたいしてありがたがってもいない口調で、簡単に剝き終えた文旦を大吾は正祐の前に置いた。

「生まれつきそういう骨格って……」

言われて見れば大吾の体は、座っている時間が多い割りにはきれいに厚みがあって全体に非常にバランスがいい。そんなことを口に出して言いたくはないが日本人離れした体つきで、古代彫刻か何かのようだった。

「何か体操はしないんですか。ラジオ体操とか」

「俺がそんなことするように見えるか？　じいさんじゃあるまいし」

全く興味がないと肩を竦《すく》めて、二つ目の文旦を大吾ががさつに剝く。時期が早いから、固いのは酸《す》っぱいな」

「たまに衝動的に走りたくなって、外を走ることはある。時期が早いから、固いのは酸《す》っぱいな」


それが辛いと大吾は、口に入れた文旦に顔を顰《しか》めた。

「剝いてくださってありがとうございます。瑞々《みずみず》しくて私にはとてもおいしいです。あなたはそういうところが、男の中の男ですね本当に」

「なんのことだ」

「男性は柑橘《かんきつ》や酢に弱い方が多いと聞きます。理由は酸がY染色体を殺すからという、精子の段階の記憶だそうですよ」

「嘘だろ?」

「あなたを見ていると、本当だと思えて来ます。柑橘は、私は酸っぱい方が好きです。梶井基《かじいもと》次郎《じろう》を連想します」

有名な短編「檸檬《れもん》」を思って、丁寧に薄皮を剝いた文旦を正祐が口に入れる。

「軟弱な話で俺は嫌いだ。鬱屈《うっくつ》してるならせめて、本物の爆弾を丸善《まるぜん》に置いてこい」

「よくわかります。あなたは生まれつきその屈強な肉体で精子の記憶まであるので、弱者に対して完全には寄り添えない体質なのですね……」

たった一冊の傑作を残して肺病で早世した梶井基次郎の気持ちなどわかろう筈もないと、咎《とが》めるというよりはむしろ憐れんで、正祐は情人を見つめた。

「おまえ!　全然似てないような気がしていたがやはり母親にそっくりだなそういうところが!!」

突然大吾が、現実味をもって正祐の母を語る。

「……いかがでしたか。母との対談は」

その反応をされると、触れずにいたことに正祐も触らない訳にはいかなくなった。

むしろ正祐は、実母と情人がどんな対面をしたのかなど全く知りたくなかったのだが、結局大吾の方が黙っていられなかったのだ。

「もう放送された。観ていないのか」

「ご存じのように、私の部屋にはテレビがありません」

前を通る小学生に幽霊マンションとあだ名される古い部屋に住んでいる正祐は、だがマンションのせいではなく必要がないのでテレビを持っていない。

「母親と俺が対談をしたのに、興味がないのかおまえは」

その浮き世離れには呆れると、大吾は口の端を大胆に濡らしてあっという間に二つ目の文旦を食べ終えた。

「逆ですよ……」

興味がないのではなくて、積極的に知りたくない案件だと何故《なぜ》わからないと、正祐が俯く。

「おまえが心配したようなことは何も起こらなかったぞ」

「当たり前です！」

それは母との関係のことかと、流そうとした正祐の声も思わず大きくなった。

「俺はおまえのお袋さんを、見くびっていたようだ……初恋は無残に散った」

「初恋の対象がそもそも私からすると、あなたも篠田《しのだ》さんも間違っています」

ともに春琴《しゅんきん》、ナオミと役は違っても、それを演じた女優を正祐は母親として知り過ぎている。

「初恋に間違いも正解もあるか」

ため息を吐いて大吾が、この家では初めて見るものを座卓の下から出した。

「あなたがこういうものを持っているのは意外です」

「正確にはこれは、俺のものではない。調べ物やデータの受け取りでインターネットを使用するときは、二階の仕事部屋のパソコンを使っている」

ノートサイズの薄いそれは、篠田が個人的によく利用している、所謂《いわゆる》タブレットだった。

「最近担当が、渡しても俺が映像を全く確認しないもんだから、タブレットにデータを入れて渡すという手法を編み出した」

「？」

説明されてもデータ文化にも映像文化にも疎い正祐には、大吾の言うことはほとんど意味不明だ。

「俺も実際は意味がよくわからん。だが確かに渡されたメディアを再生機に突っ込む手間がない分、以前よりは確認するようになった」

人によっては何故それ如《ごと》きが手間だと言われることをのうのうと大吾は言ったが、その点については正祐は同意どころか映像のためになんの労も尽くさない。

苦々しい顔で大吾は、問題なく扱えはするようで、その薄い板を立てて映像を再生した。

「あの……敢《あ》えて見せていただかなくても。私、母の出演している文学作品さえ観るのが苦痛なんです」

家族なので恥ずかしい以上に正祐は芸能ごとに幼児期のトラウマから恐怖心があって、映画もドラマも舞台もコンサートも全く好まない。

「滅多にない機会だぞ。おまえの男とおまえの母親が話しているところを観るのなんざ」

悪趣味かと思いきや何か自棄《やけ》のように大吾が言うので、仕方なく正祐は映像を見つめた。

いつもより少し堅い、濃い色のシャツにジャケットを着た大吾と、美しい着物を纏《まと》った母が向かい合っている。

言われれば確かに、こんな絵を見ることはこの先二度とない方がいい。

母親を客観視することは難しいが、六十近いというのに恐ろしい程美しいし、いつまでも華が消えない女性だ。

よく見ると正祐はこの母と同じ顔をしている筈なのだが、正祐には母の持つ「華」が全くなく、一目で相似《そうじ》に気づく者はほとんどいない。

「同じ顔なんだがな」

丁度同じことを考えていたのか、大吾が言った。

大吾は自分が知っているよりも、男振りがいいように正祐には映る。映像だからなのではなく、初恋の女優の前で、正祐には見せない格好をつけているのだとわかった。

それが長らく自分の母親が大吾の性の対象であったという複雑な思いを、正祐に思い出させる。

『凜《りん》は最初から、あなたをイメージして書きました』

とてもじゃないが信じられないようなことを、大吾は言っていた。

プロデューサーにこんなことを言わされるような大吾ではないので、本心なのだろうと思うと、正祐の複雑も更に増す。

『ええ。とても演じやすかったです。光栄ですわ』

美しく塗られた母の唇が弧《こ》を描いて、ふとまなざしが冷徹を帯びた。

『最近、話題ですものね。先生の理想の女性像。それを私をイメージして書いてくださるなんて。でも、先生のような無頼《ぶらい》を絵に描いたような男性が、女性にまだこんな夢を見てらっしゃるなんて。本当におかわいらしいのねえ』

かわいらしいに、わざわざ「お」を付けた母親が、鬼子母神《きしもじん》化していることを、正祐は経験的によく知っている。

『それとも先生のお側には実在するのかしら。だとしたら先生はたいそうお幸せね。まともに受け答えもしてくれず、ただひたすらはいと繰り返して。三歩下がっていたら美しい面《おもて》も見るのはあなた以外の男性でしょうけれど。それで満足でいられるんだから、先生は本当にお幸せな方なのねえ』

鈴を転がすような声で微笑《ほほえ》んだまま蕩々《とうとう》と理想像について語られて、情けないことに正祐の男は、正祐の母親の前で固まっていた。

『お仕事ご一緒できて、光栄でしたわ。私は先生の大好きな、愚かで扱いやすい女でございましたか？』

いかがでしたかと終始笑っている塔野麗子《とうのれいこ》の美貌を大きく映して、映像が終わる。

「無表情に拍手喝采《かっさい》するな！」

思わず真顔で手を叩いていた正祐に、大吾は歯を剥いた。

「自分を産んでくれた女性としての敬意はありましたが、今ほど母を一人の人間として尊敬したことはありません」

「俺も今ほどおまえを塔野麗子の息子だと思ったことはないぞ！」

張り切って初恋の春琴に会いに行ったのに、惨憺《さんたん》たる有り様だったと大吾が乱暴にタブレットを閉じる。

「……気づかなかったが、俺は女との相性が悪いんだな。おまえとは出会うべくして出会ったようだ」

紫檀に肘をついて大吾は、だから自分には男相手がいいのだという、短絡的《たんらく》結論を聞かせた。

「それは大きな間違いです」

その結論が嬉しい自分はさすがに受け入れがたいと、正祐が首を振る。

「どう違う」

自分の運命の相手がおまえだというのが不満なのかと、ふて腐れたまま大吾は正祐を睨んだ。

「あなたが女性との相性が悪いのではありません。女性という立場に置かれる方は、かなりの確率であなたとの相性が悪いことでしょう」

「ややこしいぞ」

「あなたのような男性を、拒絶しない女性はあまりいないということです」

こうして母親から大吾への反撃を目の当たりにすると、男振りがよく甲斐性《かいしょう》があって女が放って置かないように思えていた大吾だが、現代の最前線にいる女達は間違いなくこの男を選ばないとは正祐にもよくわかった。

「あなたの女性遍歴《へんれき》も、実際怪しくなって参りました」

一万人を疑ったが、女の方で大吾を相手にしないという考えに、致し方なく正祐も行き着く。

「俺は自分の女は大切にしたぞ！」

「ならば何故その女性たちは、あなたの側に残らなかったのですか?」

だが正祐は、全ての女が大吾を相手にしないと考えられる方が、心穏やかだった。こうした女からの強い拒絶が公共の電波で広く世間に認知されたのかと知ると、ここのところ冷たかった胸がようやく凪《な》ぐ。

「無垢《むく》な瞳でなんということを訊く……」

その胸には大吾に対して言葉以上に残酷な安堵《あんど》があるとは知らず、大吾は顔を顰《しか》めた。

「この間も言ったが、俺の方は抱いた女はちゃんと愛した」

自棄《やけ》のように、大吾が言ってタブレットを弾く。

「ああそうだ。女の方が俺に愛想を尽かしたんだろうよ。言われて見れば別れ話は全て女からだ。おまえもいつか俺を捨てるのかもしれないな」

「今のところその想像はありませんが……」

そんなことは全く考えていないが、過去に女達は皆その選択をしてきたのだと、それもまた正祐には新しく知らされたことだった。

「参考までにお尋ねしたいです。女性は何故、あなたと別れたいと言ったのですか?」

女が皆この男を拒絶すると知ったつもりになったのに、何故女達はこの男を手放せたのかと、正祐が矛盾した疑問に囚われる。

「理由はまちまちだ。それはいちいち傷ついた。愛した女に別れを切り出されるのは堪えるもんだろうが」

何か同意を求めるように大吾が言うのに、正祐は酷く気持ちが落ちた。

「ですから、私にはなんの経験もありません」

どうしてこの男は覚えないのだろうと、声にも力が入らない。

「何度も申し上げているので、そろそろご理解いただきたいのですが。私はあなた以外の人を愛したことがありません」

丁寧に言葉を尽くして、正祐は大吾にそれを訴えた。

「？　わかってる、そんなことは。何度も聞いた」

「いいえ」

今更なんだという顔をした大吾に、厳《おごそ》かに正祐が首を振る。

「あなたはわかっていません」

「何をだ」

「……何をと言われますと」

尋ね返されて、大吾に何をわかってほしいのか、正祐自身が見失った。

「私も説明はできません。私はあなた以外に、恋人を作ってみるべきなのではないでしょうか」

大吾しかいないからこういう思いをするのだということは、正祐にもなんとかわかる。

「今度は何が始まったんだおまえは」

「お気づきでないようですが、私は今大きな混沌《こんとん》の中にいます」

「お気づきでないようだが、俺は少し前からそのことに気づいて居るぞ」

ここのところずっとと口にした正祐に、それは知っていると大吾はあっさりと言った。

「一体どうした。正祐」

いいえ知らない筈だと言おうとした正祐に、大吾がそう尋ねてくれる。

「……どうした」

問われた言葉を、正祐は反芻《はんすう》した。

「私はその言葉が好きです」

耳に触りのいい、大吾の声で何度か聞いた言葉だ。

「あなたはたまに、訊いてくださいます。どうしたと、私に」

「そうか？」

自覚はないと、大吾が肩を竦める。

「……あなたにはそんなに、特別なことではないのですね」

それが何故またこんなに寒さを呼ぶのかと、俯《うつむ》いて正祐は笑った。

「私の混沌を読み解いてください。作家の読解力で」

自分でも寒さの訪れる場所を探すのはあきらめて、正祐が大吾に答えを委ねる。

「……俺が過去に女と性交渉があるということについて、まだ納得できていないのか？」

自分には経験がないとは前にも訴えられたと、大吾は訝しげに訊いた。

「仕方ないということは理解しました」

「じゃあ今度はなんだ」

「自分でもわからないので、私もあなたに尋ねているのです」

厭味《いやみ》のつもりではないと説明したら、それは大吾にも伝わったようで、真冬の夜に沈黙が降りた。

「こういうことを口に出すタイプの男じゃないが、俺は」

必要な言葉だと腹を括ったと、大吾が口を開く。

「今は俺はおまえだけを愛しているし、俺は浮気もしない。浮気はしたことがない」

「したことがないんですか？　過去の恋愛の中でも」

そんなに浮気が似合うのにと、正祐は意外というより何故なのか失望を伴って、大吾に訊いた。

「ああ。最初に言っただろう。俺は体液を掛けた相手はそれ相応に扱う。自分の女を裏切ることはしない。それはおまえに於《お》いても同じだ。一人の女を愛したら結婚も考えるし、浮気なんぞしたいとも思ったことはない。そのぐらい一人の女ときちんと向き合う。誰のことも真摯《しんし》に愛したつもりだ」

「俺は浮気はしない」

この間頭に浮かんだ古《いにしえ》の歌と同じかと、正祐としては全くらしくなく話を茶化した。

「古くさい歌の文句と一緒にするな！　多分じゃなくて俺は絶対にしないぞ。今までもしたことがない!!　おまえに対してもそれは同じだ！」

「……そうですか」

浮気はしないということは、常に一人の人とのみ本気で向き合うのが大吾だと、正祐が思い知る。

「そこで沈んだ顔をするおまえが、全く意味がわからん」

「私もです」

「おまえも俺もわからないんじゃあ、これ以上考えても仕方ないな」

かなり建設的な言葉だと、大吾の言い様に正祐は頷いた。

「でも私はここのところずっと……あなたの女性問題について考えています」

考えても仕方がないのは同意だが、結局自分が捕まっていることはそれなのだとは、正祐にも明確になったことだ。

「俺には今現在、女達から一方的な非難を受けている以外に女性問題は何もないぞ」

「一方的ではないですよね。あなたが世の女性に喧嘩《けんか》を売ったんですよ」

問題がすり替わったがそれは看過できないと、正祐が大吾の言葉を訂正する。

「女には苛々《いらいら》しているんだ俺は！」

「ずっとですか？」

女嫌いだとまでは聞いたことがないと、正祐は首を傾げて大吾を見た。

「いや」

そうではないと、大吾も長く息を吐く。

「よく燃えたインタビューの後ですか？」

「いいや。今ここにある苛々は、ついこの間からだ」

「この間って」

炎上案件のあと、更にまた何処《どこ》かの女性を怒らせたのかと、呆れるを通り越して正祐にはとうとう大吾が心配に思えた。

「この間、鳥八《とりはち》でおまえが冬嶺瑤子《ふゆみねようこ》を絶賛してから、俺は女というものに対して非常に苛立《いらだ》っている」

この間というには少し遡《さかのぼ》って、二月《ふたつき》近く前のことを大吾がふて腐れて口にする。

「……冬嶺先生の件でですか」

あの日からずっとそこを燻《くすぶ》らせて黙っていたのかと、それは正祐には意味がわかるようでやはり全くわからない上に、更に気持ちを沈ませる告白だった。

「ああそうだ」

居直るように言い放って大吾が、不意に畳から立ち上がる。

何も言わず居間を出て行ったかと思うと、乱暴に階段を昇り下りして、すぐに大吾は戻ってきた。

つい先日、書店でただひたすら正祐が見つめた藍色の美しいカバーの本が、大吾の手で座卓の上に置かれた。

「冬嶺先生の、最新刊ですね」

なんとか力を尽くして正祐が、唇を開いて声を発する。

「ほぼ同時期に発売された、俺の小説は読んでいるな」

読んでその話を正祐は既に大吾としていたが、確認のように問われて「はい」と頷いた。

「これは読んだか」

「まだです。冬嶺先生の作品は、発表順に追っていて。まだやっと十年前の本に来たところで、私も仕事が忙しくなって止まっております」

「この間太宰《だざい》を読んでいたじゃないか」

何故だと大吾は、正祐が冬嶺瑤子の小説を読めなくなった理由など全く思い至ろうともしない。

「冬嶺先生の作品を読むのには、集中力が必要なので。太宰の短編の再読を」

「気に入らないな。これは、同じテーマを与えられて同じ出版社から出したものだ」

「そういう企画だったのですか？　他者にテーマを与えられることも、あなたは好まないと思っていましたが」

篠田《しのだ》の話からすると別れたのは五年以上前の筈だったが、今でもこんな企画が出て大吾がそれを呑むのかと、正祐は窺うように大吾を見た。

「編集長に挑まれたんだ。今の先生なら冬嶺先生とも勝負になるのではないですかと言われて、結構ですと言えるか⁉」

私なら言えますがと言い掛けて、無駄なので正祐が口を噤《つぐ》む。

この程度のことは何一つ、大吾が自分の羞恥や体面を理由に引っ込められない男だとは、正祐も知っていた。

大吾にそういう潔《いさぎよ》さがあれば、先ほどのテレビでの塔野麗子の発言を、局に編集を頼むこともしただろう。インタビューで言い放った失言を削除させることは無理でもなんでもないし、篠田が語っていた冬嶺瑤子の残酷発言も、放送しないことを望めば叶った筈だ。

「少年のようなお心……最早、敬服いたします」

むしろもっと核《かく》に触れるようなことなら、大吾は自分の意志にしか従わない。

つまらない男の意地だから引っ込められないだけだ。

「何を言ってる」

そんなつまらない男の意地を張るのはせめて選挙権を得る前に止めて欲しかったと、正祐は大きなため息が出た。

「読め」

未読ならばと、大吾が冬嶺瑤子の本を正祐の方に押し出す。

「あの」

一体どういう理由でどういうつもりなのかと、正祐はただ困惑した。

「今この場で読め」

馴染み果てた命令形には腹が立ったけれど、素直に浸《ひた》れないと一旦読むことを止めた冬嶺瑤子の新刊は、表紙から帯から魅力的だ。

何より、この間読んだ大吾と同じテーマを扱っていると聞かされて、ただ読みたいという誘惑が、正祐の中の様々な雑念を追いやった。

「……手を洗ってきます」

文旦で指がべたついていると、正祐が畳から立つ。

礼をして洗面所で手をよく洗って、タオルで水気を拭い去った。

冷たい廊下を通って居間に戻りながら、さっき自分の混沌を気に掛けてくれた大吾は、そこに冬嶺瑤子の件が関わっているとは夢にも思っていないのだと知る。

言葉にできない自分がいけないのだとも思ったが、昔愛した女の本を目の前で読めとは、それはもう女達も次々別れを告げるだろうとため息が出た。

だが自分は女達のようには別れを告げられないと、座卓について本を見つめる。

やはりとてもきれいな、魅惑的な表紙だった。

「それでは読ませていただきます」

もはやただその本を読みたいという感情にだけ集中して、それ以外の思いを忘れて正祐が、紫檀の上で一頁目を捲《めく》る。

一行目、その一文字目から、正祐は文字の海に引き込まれた。

冬嶺瑤子の文体は、賛否両論きっぱりと分かれていた。韻《いん》の踏み方が独特で、言い回しが時にわかりにくく、読み難いと酷評する者も多い。

だがそのリズムが合う者にとってはこんなにも美しい音楽のような文章はなく、正祐はその音に身を委《ゆだ》ねて海にたゆたうように彼女の美文に酔った。

気づくと一度も声もたてず、立ち上がることもせず、途中大吾が置いてくれた茶を無意識に飲んだだけで、夜明け近くに正祐はその本を読み終えた。

「……確かにものすごい集中力だな」

裏表紙を閉じて、読後感に正祐が充分に浸るのを一応待ってくれていたのか、傍らでずっと資料を読んでいた大吾が小さく声を発する。

「あ……そうでした。あなたの家でしたね」

文章の中にただ耽溺《たんでき》していた正祐は、大吾の声を聞いてようやく本の中から現実へと帰った。

「どっちがおもしろかった」

突然大吾が、シンプルと言えば聞こえはいいが、全くらしくない幼稚な物言いを聞かせる。

「え?」

幼子にものを問われたのかと、その単純な言葉の意味が単純故に、正祐はすぐに理解できなかった。

「率直に言え」

ようやく、大吾が自分に、冬嶺瑤子との比較を求めていると知る。

「あなたは私が現代文学者について疎《うと》いと知って、すっかり油断なさっているようですが」

ここまで来たら知らぬふりに限界があるだけでなく、自分がそのことを知っていると大吾にも知って欲しいと、正祐は打ち明けた。

「冬嶺先生と過去恋人同士であったことを、私は知っております」

知った上での、大吾からの多少の思いやりを、正祐が欲する。

「さすがにこれは、まっすぐ訊かせてください。未練ですか?」

息を吞んで、白々と明けてきた真冬の朝の光の中で、正祐は大吾に向き直った。

「未練などと」

投げられた言葉に、資料を読んで夜を明かした大吾の瞳に険《けわ》しさが映る。

「そんな生やさしい感情ではない。俺がこの女に抱いているものは」

その険しさは資料に没頭していたからではなく、隣で自分が冬嶺瑤子の世界から帰ってくるのを待っていたからだと、正祐は気づいた。

「言いたくはないが、成人してから先は俺は多くのことをこの女に教わった。この俺が、ほとんど口答えもできないことばかりを次から次へとこの女が教えてくれた」

「……想像がつきません」

二十一までを遠野《とおの》で聡明な祖父に教授されて過ごした大吾の、その先の教育に女が携《たずさ》わったと、まず大吾自身が言葉にすること自体が正祐には信じ難い。

「先に生まれた女だからだ！　当たり前に俺よりものを知っているし経験しているし、思慮も深い!!」

「それは果たして、ただ先に生まれたからでしょうか……」

確かに書から知る彼女は大吾よりかなり思慮深いが、知識や経験はともかく思慮については、年齢を重ねたら誰にでも身につくレベルの深さとは思えなかった。

「年嵩《としかさ》だというせいではないと、これを読んでおまえは思ったのか？」

「どうして私の言葉が必要ですか」

ますます顔を顰めて大吾が答えを望む理由を、正祐が問う。

「おまえの返答次第では、連絡を取ろうと思っている」

「冬嶺先生にですか？」

「ああ。そうだ」

「それは……」

よりを戻したいということなのかとは、正祐は訊けなかった。

今の情人である自分の言葉次第で昔の女とよりを戻したいというのならば、そんな勝手な話はないが、手元の本に読み入って今の話を聞けば、彼女が大吾にとってどれだけ大きな存在だったのかはわかる。

よりを戻したいだろう。大吾でなくとも。人生の教師としてとは、限らない。

手元の書を綴《つづ》った人は、大吾にとってかけがえのない、他人であった人だ。

「どっちがおもしろかった」

しかしその幼稚な言葉は、正祐を嬲《なぶ》る思いも僅《わず》かにだが静まらせる。

なんにせよ大吾が、初めてまっすぐ自著への評価を自分に求めていると、不意に正祐は気づいた。

それは今まで、大吾からは一度も、正祐に敢えて望んで口にしなかったことだ。

新刊が出れば自然と正祐は勝手に読み耽《ふけ》って、自分の方から問われなくとも本への思いを語った。

「思ったまま答えられる自信がありません。お時間をください」

だが初めて大吾が、物言いは幼くとも自分の意見を欲している。

「いつでも読んだ本のことなど、その場でスラスラ答えるだろう」

「今は無理です」

そうして大吾が、比較であろうと自著への言葉を求めてくれたことは、こんな残酷な状況でも正祐には辛いほど幸いだった。

「必ずきちんと、お答えします。仮眠をして出勤しなくてはならないので、私は帰ります」

文日に誘われて思いがけず夜を明かしてしまった部屋から、去ろうと正祐が立ち上がる。

「ああ……日を選ばなかったのはすまなかった」

言葉から、今日読ませようとした訳ではないと正祐にもわかったが、日を選んでいずれ自分に尋ねようとしていたことだとも知れる。

「先生も、眠ってください」

玄関口まで送りに出た大吾を、久しぶりに正祐は「先生」と呼んだ。

それでようやく距離に気づいたのか、くちづけてもいないと大吾が正祐の腕を取る。

「……ん……」

拒みたかったが、正祐は大吾の腕を払えなかった。

この男が自分の傍らにいる時間を、酷く心が惜しんだ。

「おまえ……なんでそんな目をする。混沌について、また考え出したのか」

どんな目をして大吾の瞳に自分が映っているのか、正祐は尋ねない。

「この間からなんだか私はずっと、胸が冷たいのです」

ようやくそれだけをなんとか言葉にして、正祐は打ち明けた。

だが意味などわかろう筈もなく、大吾はくちづけた後に与えられた言葉を不思議そうに見ている。

やはり胸が冷たいと、正祐は笑った。

そしてこの自分ではない他人は、その胸の冷たさをまるで理解しない。

それが辛いのではない。

冷たいから辛いのだと、正祐は頭だけ下げて、冬白む松庵《しょうあん》の往来に踏み出した。


港区白金《しろかね》という立地にある実家は豪邸で、今は両親と弟だけが住むその家で正月二日目の書き初めに、正祐《まさすけ》は手紙をしたためていた。

言葉は嘘をつくが、文字は嘘を吐かない。

だから年の瀬に大吾《だいご》に望まれた、大吾と冬嶺瑤子《ふゆみねようこ》の新刊に対するそれぞれの評も、手紙でなら過不足なく語れると、広いリビングのテーブルでペンを取っていた。

「お正月なのに、仕事なの？」

きちんと着物を着ている母親の麗子《れいこ》が、何処《どこ》かへ出るところなのか道行きを持って上階から降りて来た。

「いいえ、仕事では。……なんだか、いつもとイメージが違いますね」

帯に縁起《えんぎ》で鶴がいるが色目が随分とおとなしく、着物の柄は手描きの美しい形の亀甲《きっこう》でこちらも正月を意識したのだろうが、いつでも華々しく花柄を纏《まと》っているのが正祐の知っている塔野《との》麗子だ。

「地味でしょう」

「お美しいです」

髪も随分下で纏めていて、母親だと思うと正祐は正月の着物も今日のような上品さを好むが、彼女は大女優らしく華やかに振る舞うのが去年までの常だった。

「もうすぐ六十だものねえ」

「まだまだお若いです」

「よしなさいよ。その萌《もえ》に後ろから銃剣突きつけられて言わされてるみたいな癖」

萌は三つ年上の姉で、母親の容姿が無駄に弟の正祐にいったことを恨んでいる個性派女優だ。この正月は恋人と海外だと弟の光希《こうき》に何度も教えられて、正祐は今日までを実家で過ごすことにした。

「でも、本当にお若いですし、お美しいです」

最近尊敬に値《あたい》しないことばかりやらかす自分の男はともかく、理性的な篠田《しのだ》の初恋でもあったということは、母の美貌への評価を高めさせている。

「私は今日のお着物がとても好きです」

「やっぱり、少しは年相応の色を身につけると自分でも落ちつくものね……ちょっと思うところがあって」

戯《たわむ》れに上品な柄と色を選んだのではないと、テーブルの横に立ったまま麗子は似合わないため息を吐いた。

「どうかなさいましたか」

その声に弱音のような響きを感じて、そこは親なので不安になって正祐が尋ねる。

「あら。やだその人よ、そのセンセ」

正祐がテーブルに積んでいる二冊の本のうち、真紅のカバーを指差して、女学生のように麗子は「センセ」と言った。

「……東堂《とうどう》、大吾先生ですか」

「お仕事相手なの？」

「あの……違うんです。今はただ、年末に出た新刊の感想を綴《つづ》っていただけで」

じっと我が子を見てその言葉を聞いて、麗子が少しだけ眉間に皺《しわ》を寄せる。

「ファンレターを書いてるの？　東堂先生に」

「そういうことに……なります」

あながち嘘ではないと、一番問題がない解釈に正祐は頷いた。

「あなた、男の子らしいところがないと思っていたけど。やっぱり男の子なのねえ」

「どの辺がでしょうか」

そんな心配をされていたことに気づいたことはなく、男の子らしいところを見つけられたことも初めてで、ただ興味で正祐が母に尋ねる。

「だって、そんな馬鹿な男が書いたものを好んで読むなんて。そこはやっぱり男の子の愚かしさよ。いいと思うわ」

そういう愚かしさを息子が持ち合わせていたことはむしろ好ましいと、母親のまなざしで麗子が微笑《ほほえ》むのに正祐は噎《む》せた。

「……母さん、東堂先生の映画にご出演なさったことは私も存じております。なんと申しますか、先生は多岐に亘ってご活躍なさっていて。この本は文芸書で」

「いいいい、そういう理屈はいいの。あの先生は本当に、今時珍しい男の中の馬鹿な男よ」

「苛烈《かれつ》な対談、拝見させていただきました」

「あなた私が出たもの絶対観ないのに、本当に先生のファンなのねえ」

驚いたように麗子に見つめられて、ファンと言われると否定したくもなったが、何故《なぜ》なのか麗子の声がやさしい。

「とてもかわいらしい方だったわ」

意外なことを、少女のような声で麗子は言った。

「そのように思ってらっしゃるようには、とても見えませんでしたが……」

散々に東堂大吾の封建主義を滅多切りにした母に、そんな気配は正祐には全く見て取れていない。

「何言ってるの。世の中を動かすのは、ああいう自分のことを顧みない馬鹿な男よ。愚かなことも言うけれど、自分を守ろうと考えないから山にも登るし海にも出るの。そうして地図はできていくのよ、ああいう後先考えない馬鹿な男のお陰でね」

褒めているのかけなしているのか、いや随分と褒められていると正祐は、麗子が心底大吾をかわいらしいと思っていることを今知った。

「正直な馬鹿はいいことも悪いこともするから、おいたをしたときにはきちんと叱って差し上げないと」

「……なんという度量の広さ」

我が母ながら驚くと、正祐が称賛のまなざしで麗子を見上げる。

「あんまりかわいらしいので、ついかわいがり過ぎてしまったわ。ふふ、傷つき果ててでももっと叱りたかった。ちょっと年甲斐もなくときめいてしまって」

「母さん！」

いくら息子の男だと知らないとは言え人妻であることは忘れないで欲しいと、思わず正祐は立ち上がった。

「だって、馬鹿な上にものすごい男前なんですもの。素敵だったわ。でも萌と同い年ですものね。いつまでも女の気でいてはいけないと、こうして形から入ってみたのよ」

そういう理由で初めての亀甲柄だと、麗子が白に近いような淡藤色《あわふじいろ》の着物できれいに回って見せる。

「とても素敵です。母さんの境地には、とても辿り着けるものではありません……」

「何わけのわからないことを言ってるの。先生にファンレター書くなら、麗子がよろしく言ってましたとお伝えして」

「決してお伝えいたしません」

言っていることがちぐはぐだと真顔になった正祐に、それこそ大変かわいらしく「ケチ」と笑って、迎えが来て麗子は出て行った。

「さすが母であり女優でありもうすぐ還暦の女性……あの散々の言い様が、かわいがりだったとは」

それは大吾に教えてやってもよかったが、嬲《なぶ》られたと思ったらかわいがられていたと知れば、麗子の言う正直で馬鹿な男は憤死《ふんし》しかねない。

「死なれては困ります」

それにしても年上の女に好かれる男だと、ため息を吐いて正祐はペンを持ち直した。

恋愛的主眼で正祐は物事を見る習慣がないが、大吾は一緒にいようと思うとあまりにも自己中心的だし、こちらが許さなければならないことが多過ぎる。

「それはもう、母親くらい年上の女性でなければあの人の相手は無理です」

なるほどそれが世界の摂理《せつり》だと納得して、対《つい》のような藍色と真紅の本を正祐は眺めた。

年齢だけ見ると、冬嶺瑤子は大吾自身より大吾の母親の歳が近いだろう。結局大吾は、そういう相手を本心からは求めているということなのかもしれない。

知識も知恵も、考えも上から与えられて、許してくれる、自分を成長させてくれる相手を。

「人間としてもですが、作家として強く求めるところが冬嶺先生には大きいのでしょうね……」

何もかもがきっと、彼女は大吾に理想的な女性だ。

正祐にとっては、その言葉を借りて面《おもて》も中も切り離せず一人の人と大吾をいうのなら、作家としての彼を愛する思いは強い。

その成長の一助として己の言葉が必要だと求められたことに、悲しいかな正祐は大吾と在る意味を感じずにはいられなかった。

「……あなたの腕の中に在るときよりももっと、私は悦《よろこ》んだかもしれません」

ぼんやりと真紅の本を手に取って、独りごちる。

校正者という立場で仕事で向き合ってはきたけれど、一人の人として作家東堂大吾のための言葉をまっすぐ求められたのは、これが初めてだ。

「驚く程幼稚な物言いでしたが、それは母の境地に達すればなんとかわいらしいと私も思える日が来るのでしょうかね。いいえ絶対に来ません」

自問自答の答えは、光速でやってきた。

けれど求められて意味を感じたのなら、正祐は全力で答えないではいられない。この言葉が今の作家東堂大吾を構成する欠片《かけら》になるかもしれないという思いが迸《ほとばし》るのを、正祐は情人として彼と共に在ることと分けても混ぜても考えられなかった。

自分の全ては大吾に向かっていて、大吾とともに在りたいと願っている。

だが対面して二人の書物に纏《まつ》わることを言葉にしようとしたら、声が震えて嘘を吐く気がして、手紙を書くことにした。

頭の中で思っていることは変わらないが、自分の言葉次第では冬嶺瑤子に連絡を取ると、大吾ははっきり言った。

その様子が見えたら正祐は、正直な言葉をその場で引っ込めない自信はない。

「……正祐ー、いつその仕事終わるんだよー」

続きを書こうとペンを持ち直したところに、今度は弟の光希がリビングに入ってきた。

「光希こそ、仕事に行くんじゃなかったの？」

いつの間にか自分の身長を追い越した五つ年下の弟は、正祐には全くわからないアイドルという世界で、グループの真ん中に立って不思議な衣装を着て歌い踊っている。

「もうすぐ出ないと俺。今日は東京ドーム」

「いつの間に野球を？」

東京ドームと言えば野球という短絡《たんらく》で、正祐は光希に訊いた。

「正祐、俺に興味ねえなあ」

「そんなことないよ」

苦笑した光希をうっかり傷つけたとすぐに気づいて、慌てて正祐がペンを置く。

「ごめん、光希。東京ドームで何をするのか話して」

弟に向き直って、正祐は真摯《しんし》に目を見つめた。

「いいよ、それは。後で何したか観て、映像撮るから」

「必ず観るよ」

約束、と正祐が、光希の黒い瞳を追う。

自分とは違う色の薄い兄の目を、高いところから光希は、じっと見つめ返した。

「俺、最近おまえのこと」

そして何故だか、ふっと今までには見せなかった、大人びたやさしい顔で笑う。

「なんか、安心してる」

「え？」

突然弟に与えられた言葉に惑って、正祐は意味を乞うて首を傾げた。

「昔と違うよ、正祐。ガキの頃とも違うし、じいちゃんのとこにいたときとも違う」

いつでもやんちゃな顔で、弟で在り続けようとする光希が、いつからか保護者の目線で自分を見ていたことは正祐ももうわかっている。

「一番心配だった、じいちゃん死んだ後とも全然違う」

けれどそこまでだったのだろうかと、光希の安心を知って、五つ年上の兄は申し訳ない思いがした。

「全然、違う？」

それは正祐自身にも自覚のあることだったが、外から自分を知る者に認められる喜びを知る。

「違うよ」

以前と違う自分を、戸惑いながら正祐も気に入っていたので、光希の言葉は嬉しかった。

「最近おまえ、ちゃんと俺の話聞いてるし。上手く言えねえけど、ちゃんと喋ってる」

拙《つたな》い弟の言い方は、むしろまっすぐに兄に届く。

「どっかでくそムカつく誰かと、ちゃんと一緒にいるんだな。おまえ」

そう言われて、以前とは違う自分が何故育ったのかを、正祐も思い出さずにはいられなかった。

外の世界と触れている自分が在るのは、一人の男がいるからだ。

「どうしてくそムカつくことまで知ってるの……光希」

その男がいて初めて己がいると今思い知るのは辛くて、正祐は無理に笑った。

「千里眼だ」

「どうしてそんな嘘を吐くの。嘘は駄目だよ」

ふざけて返した光希に、ようやく少し正祐が兄の口調になる。

「正月なのに、仕事休めねえの？　それがなかったら東京ドーム来たらいいのに」

「仕事じゃないよ、これは」

きっちりした楷書体《かいしょたい》の堅い文章を振り返って、正祐はけれど、それを愛おしく見つめた。

「お兄ちゃんの恋文」

「おまえが嘘やめろ。……はーい、今行くって！」

玄関から迎えが呼ぶ声が響いて、大きく光希が返事をする。

「また夜な！」

兄がいることが嬉しくて堪らないいたずらっぽい弟の顔に戻って、光希はウインクまでして出て行った。

「さすが……なんだったっけ。世界の女は、違う。宇宙の女は俺のもの」

弟に付けられた似合いのキャッチ・コピーは知っていて、先日大事件も起こした男としての光希の未来は不安極まりないと、正祐も兄のため息を吐く。

「これは」

嘘だと言われたけれど、違うと手元の白い便箋に、正祐は触れた。

「……寄り添って力になるための、恋文だよ」

指が大切だと言って大吾が文旦《ぶんたん》を剝《む》いてくれたときの嬉しさと、この恋文はとても似ている。

「あの人に恋文を書くのは、もしかしたらこれが最初で最後になるかもしれない」

作家の大吾を愛する正祐は、彼の性の対象になることと同じ程、執筆の力になれることが幸いだった。

この恋文を渡したら、もっと作家としての力になるであろう女の元へ、大吾は帰ってしまうかもしれない。

人は、一人の人とのみ、寄り添う。

それなら大吾が違う一人と向き合うために去ったとき、自分はどうするのか。

きっともう誰とも寄り添わないだろうことだけは、正祐もよく知っていた。

三日も東京ドームで仕事だという光希《こうき》にまとわりつかれるのを愛おしく思いながら、正祐《まさすけ》はどうしても落ちつきを覚えてしまう西荻窪《にしおぎくぼ》に戻った。

庚申社《こうしんしゃ》の仕事始めは今年は遅く九日で、年末年始も一人で仕事をしていたという大吾《だいご》と、小《しょう》寒《かん》は五日の晩に正祐は鳥八《とりはち》で待ち合わせた。

「あけましておめでとうございます。今年もよろしくお願いします」

鳥八の主人百田《ももた》と、大吾の両方に丁寧に頭を下げて、カウンターの席に着く。

「よろしくね、塔野《とうの》さん」

正月休みを持て余している客は多く、忙しく串を焼きながら百田は頭を下げ返してくれた。

「今年もよろしく。実家はどうだった。母上は美しかったか」

平服の大吾は相変わらずの男振りだったが、その母上にかわいらしいとときめかれていたことは、正祐には永遠に秘すべきことだ。

「母の亀甲柄《きっこうがら》の着物と鶴の帯は、大変似合って美しかったです」

「なんだ、年寄りみたいな柄だな」

「色も薄い藤色です」

「どうした。こう、薄紅色に梅が咲き乱れて。そういう感じだろう。いつも」

確かにそういう感じが今までの塔野麗子《れいこ》だったのだが、それを変えてしまったのが大吾だとは、死んでも正祐は教えられない。

「私の母のいつもを、あなたが語らないでください……」

複雑極まりない感情は自分一人で処理するしかなく、正祐はとりあえずの生ビールを手に取った。

「あけましておめでとう」

改めて言って大吾がグラスを合わせてくるのに、正祐ももう一度「おめでとうございます」とグラスを掲げる。

生ビールを三分の一程呑んだところで、百田から二人の前に正月らしいつきだしが置かれた。

「これは……見事ですね。すだちの皮を細工して切って、大根おろしにいくら。黒豆も本当にきれいです」

「筍《たけのこ》と木の芽の炊き合わせか。数の子と、煮こごりの中はなんだ?」

一枚の白い皿の上にきれいに並んだつきだしを端から数える二人に、子どもを見るように百田が笑う。

「雲丹《うに》だよ。正月だからね、特別だ」

普段値の張る素材をそもそも百田は扱わないので、煮こごりは振る舞いの雲丹かと、大吾と正祐は頭を下げた。

「……ありがとうございます。黒豆、とてもふっくらしていておいしいです」

「たまらんな。もう日本酒にいかせてくれ。飛露喜《ひろき》愛山《あいやま》、二合」

「日本酒も、正月らしい振る舞いだね」

つきだしに敬意を払って最初からいい酒を選んだ大吾に、百田が上等の徳利《とっくり》を取る。

「雲丹は飛露喜を待たなくてなりませんね」

「当然だ」

呟いた言葉に隣の男が当然だと笑うのに、いつの間にかすっかり慣れていたと、ふと正祐は気づいた。

この男に出会うまでは何が出て来ても、一人で静かに食《は》み、一人で静かに呑んでいた。

「分厚い封書が家に直接届いたんで、驚いた」

手紙のことを大吾が言うのと同時に、瑠璃色《るりいろ》の徳利が百田から置かれる。

いつもは手酌のことも多いが、これも正月だとお互いの猪口《ちょこ》に酌をし合った。

「もう届きましたか。年賀状の頃なので、時間が掛かるかと思いましたが」

「年賀状の頃なのに、何故ポストに入れた」

その粗忽《そこつ》が可笑《おか》しいと、大吾が笑う。

「そういえばそうですね……危険なことを致しました」

「今朝届いて、読んだ。ここまでしてくれと頼んだつもりはなかったが、大変ありがたく読んだ」

ありがたくなどという言葉を大吾に聞かされて、自分が綴《つづ》った二冊の書への評が役立ったことに、正祐は否応なく幸いを抱いた。

「俺の方がおもしろかったということだな」

しかし母に馬鹿な男と言われた作家は、尋ねたときと同じに幼稚な言葉で正祐の長文を纏《まと》めに掛かってくる。

「そんなシンプルなことは書いておりません。双方に私は一万字を尽くしております」

学生なら論文として提出できる内容と量を心血注いで綴ったのに、いくらなんでもそれはないだろうと、正祐は抗議の声を上げた。

「だがそういうことだろう」

結論を言葉にしろと、大吾は譲らない。

「……今回は、そうなりました」

双方に一万字を尽くした身としては不本意だったが、それはそれで間違いのない答えだった。

大吾と冬嶺瑤子《ふゆみねようこ》に与えられたテーマは、まさに「トカトントン」の中にも出て来るマタイ伝の「身を殺して霊魂をころし得ぬ者どもを懼《おそ》るな」と同じで、魂の殺人と肉体の死についてだった。

「ただ、私にはです。そこは性差も、差し引かれてください。魂の死を、肉体の死と同等に考えることは女性には多いことですから」

「そのぐらいは俺もわかってる。だが」

冬嶺瑤子は魂の死を、太宰《だざい》の使ったマタイの言葉と同様に、肉体の死より重いものと捉えて全文を綴っていた。

「体がなくなったらそれは、終わりの時だ」

「そこに、力強さを感じました」

それは大吾を知る者から離れての、魂の強さごと感じる小説で、真紅の本は正祐にはそもそも圧巻だった。

「俺は、文学を読み解く者としてもおまえを信頼している」

「それは……とても光栄です」

「だからおまえの手紙を読んでからずっと瑤子に連絡を取ろうとしているのに、何一つ繋がらない」

初めて大吾の声で「瑤子」とその人の名前を突然聞いて、息が止まる思いで正祐が顔を上げる。

「たった五年で、二つの電話番号からメールアドレスから、何から何まで変えるとはどういうことだ！」

「それはよっぽど先生に会いたくないいんだろうねえ。はい、赤貝の酢の物とワカサギの唐揚《からあ》げだよ」

「正月から涼しい顔でなんてこと言ってくれるんだ、おやじ！」

とんとんと小鉢と皿を置かれて、大吾は大人げなく歯を剝《む》いた。

「それが昔の女なら、そういうことさ。追うな追うな」

百田にしては珍しく、ふざけた言い方をしたのはそれだけ本気の説教ということだ。

「一方あなたの方は、二つの電話番号と全てのメールアドレスとを大切に保存していたのですね。今日まで」

聡明な老人の言葉と一緒に聞くと、自分の悲しみより先に、男の未練とはなんと迷惑なことかという呆れが正祐にも湧いた。

「こっちは直接連絡を取れる数少ない中に入れてやっているというのに、新しい携帯番号も知らせないとは。ったく」

「数少ないんですか？」

どういうつもりなのかはさっき百田が言った以上の理由はないだろうと、正祐もそこは触れない。

「女はこいつだけだ」

「慶本《きょうもと》女史のような方は？」

以前高額な一升瓶を買わされていた高名な歴史校正家と、大吾は直接待ち合わせをしていたのではないかと、正祐は訊いた。

「慶本女史は仕事相手だ、フリーの。プライベートではこの女にしか俺は自分の連絡先を教えていない」

過去の女性の中でというだけでなく、全ての女性の中で唯一という特別さを、正祐は隣でどんな風に聞いたらいいのか少しもわからない。

「どうして連絡を、取りたいのですか」

ようよう口を開いて、正祐はなんとかそれを尋ねた。

「どうしても直接会って、話したいことがある」

強いまなざしをして、大吾が猪口の中身を飲み干す。

「昔の女性にですか」

「浮気じゃないぞ」

それを疑われていると思ったのか、大吾は正祐をちらと見た。

ならば何故、五年も前に別れた女性の連絡先だけを唯一大切に持って、今また会おうというのか。

未練などという生やさしい感情ではないと、それは大吾自身が言ったことだ。

「……浮気じゃないということは」

どちらかが本気なのだと、正祐は猪口を取った。

今百田が振る舞ってくれた煮こごりを口に入れてはもったいないと、それはわかる。きっと何を食んでも、味はしないだろう。

隣に在るこの男は、何を考えているのだろうと、正祐は俯《うつむ》いた。

もっと作家としての助けになる女の所に、帰ろうとしているのか。それなら何故、自分を信頼して言葉を求めたのか。

何かが信じられないということではなかった。

正直な馬鹿だと母が評した男のことが、正祐には何もわからず、信じる信じないというところまで辿り着けない。

それでも自分はこの男の幸いを望んでいるのだから、もしかしたら己は東堂《とうどう》大吾の描く理想の女に近いのかもしれないと、正祐は静かに酒を口に入れた。

いい酒なのに、やはり味は少しもわからない。

九日に正祐《まさすけ》にも仕事始めが訪れ、大吾《だいご》は原稿が佳境だと集中していて、全く会えないまま半月が過ぎて休日に至った。

いつでも校正原稿に向き合えば重箱の隅を突き回すことができた筈の正祐の方は、その至上の悦《よろこ》びにさえ集中力を欠いていた。

「……もしかして今、冬嶺《ふゆみね》先生と連絡がついてお会いしているのかもしれない」

会えない大吾が今どうしているのか、何を思っているのか、始終正祐は情人のことばかり考えてしまっている。

「悪いな、待たせて」

ぼんやりと座っていた日曜日のホルモン酒場で、前から篠田《しのだ》の声を聞いて正祐は顔を上げた。

「いいえ。すみません、休日に呼び出したりして」

まだ夕方なのにすっかり煙っている店内で、さっき電話を掛けて誘った篠田に正祐が頭を下げる。

「いや、たまにはいいだろ。同僚と休日呑みも。大寒《たいかん》も過ぎたし、七輪《しちりん》はいい」

この店が好きだと前に篠田が言っていたので、正祐は初めて北口駅前の店内に入って待っていた。

「生ビールでいいか?」

「寒くてもそこはそうですね。……すみません生二つ」

休日に自分から誘ったのだから注文くらいはしようと、通らない声で正祐が注文する。

「だけど、ここでよかったのか?」

「何がですか?」

「前、東堂《とうどう》先生とばったりここで会って付き合わされたんだよ。伊集院《いじゅういん》先生と呑んでて……夏の終わりだな。休筆のときだ」

そこに巻き込まれたときは七輪の炎が地獄の火に見えたと、今日は全体が深縹色《こきはなだいろ》の眼鏡をため息とともに篠田は掛け直した。

「そんなことが」

「そのとき東堂先生が、おまえがいくら誘ってもここは嫌だと言うと言ってたから。無理してないか、すぐに店変えてもいいぞ」

俺は何処《どこ》でも大丈夫だと、篠田が気安い笑顔で言ってくれる。

「……服の始末が大変なのでと、毎回お断りしていました」

そういえばいつの間にかここに来たいと言わなくなったと思ったら、誰かがつきあってくれていたのかと正祐は苦笑した。

「その服ならいいのか？」

休日でも襟付きのシャツを着ている正祐を、篠田が心配する。

「いいえ。それはお断りしていた本当の理由ではなくて」

「え？　そうなの？」

嘘で断っていたとは意外だと、洗えて汚れの目立たないネイビーのトレーナーの篠田が肩を竦《すく》めた。

「あの、篠田さんをここに誘っておいて申し上げにくいんですが。私、あの方とは会話の密度がとても高くて……実際話すことも私にしてはかなり多い上に、内容も聞き取れないではすまされないものが多く」

互いが読んだ本の話題もそうだが、大吾の仕事のこと、思い合っている者同士のやり取りと、その濃密さはただならないと、自分でもここを避けた理由に今初めて正祐が気づく。

「ああ、なるほど。騒がしい上に、焼きながら話すのはハードルが高いな。それは」

「すみません。そうなんです」

だからといって篠田はここでいいということではないと、きちんと理解してくれた同僚に正祐はまた頭を下げた。

「そういうところ、東堂先生はお構いなしだからなあ。あの低い声もよく通るし。あ、どうも。じゃ、乾杯」

「お疲れさまです」

届けられた生ビールを受け取ってグラスを合わせて正祐が、篠田との習慣で休日なのにお疲れさまと言ってしまう。

「肉を焼いて喰《く》らいながらも、どんな話もできるんだろうな。あの人は」

「そうなんでしょうね。私にはとても無理です」

「ところでどうした。今日は」

焼肉や生ビールと同じ気軽さで、篠田は正祐に訊いた。

「本当にすみません。篠田さんが社外で私にあまり会わないようにしてくださっていると、最てしまう。

「他人に会ってみたかったんです」

成長と言ってくれた篠田に、正祐がここのところ囚われ過ぎている、他人という言葉を使っ

「おお、少し気づいたのか。すごいな塔野《とうの》。おまえにしてはかなりの人間的成長……」

近少し気づいていたのですが」

「……成長」

他人という言葉は、今正祐の中で他者とは違う大きな意味を持っていた。

「同僚として、プライベートな悩みくらい訊くぞ。たまには。たまのことだぞ」

さすがにその他人の意味までは察せられないが、初めてプライベートな誘いをしかも当日にしてきた正祐が、常とは様子が違うとは篠田にはもちろんわかる。

「悩んではいるのですが」

上手く話せないと、長く考え込んでから正祐はビールを呑んだ。

「私、今日、東堂先生以外の人に会ってみたいと思ったんです。家族ではなく、連絡がついて誘える人と考えたら」

ずっと大吾のことばかり考えて何もできないでいるのならと、正祐は午後に携帯を摑んだ。

「篠田さんしか……」

「それは重々しい光栄だな……」

事実を語ると、篠田の笑顔も若干乾く。

「でも、私は元々こういう者なんです。友人らしい友人もなく、他者との交流もなく。休みの日は本があれば、それで何も気に病むことなどなく過ごせていた筈なんです」

何故それができないと、焦《じ》れるような辛さが正祐にはあった。

「今はそうじゃないと」

乱暴に運ばれて来た肉を受け取って、自分は全く苦ではないと、篠田が正祐の分も焼きながら話す。

「いいことなんじゃないか？　それは」

「そうでしょうか。気持ちはずっと、沈んでいます」

焼いてもらって甘えて申し訳ないと思ったが、気持ちが沈みそのことを考えて、話しながら肉を焼くなど、正祐には高等技術が過ぎた。

「こう、ここがざわざわしていて。言語化できないんです」

息を吐いて、正祐が胸に触れる。

「なるほど」

あっさりと頷いて、篠田は焼けた肉を正祐の皿にくれた。

「なるほどですか？」

「よくあることだよ」

簡単にそう言って、篠田は説明はしない。

「そうなんですか。篠田さんもありますか?」

「若い頃はよくあったよ。俺も」

言葉を重ねながら、やはり篠田はいつものように細やかに語りはしなかった。

「みんなあるんでしょうか」

「人類全てかどうかはわからんが、よくあることだとは思うよ」

まあ食えと、篠田はただ肉を焼いてくれる。

「そうですか」

けれど説明はなくても、唯一の親しい同僚によくあることだと言われて、正祐は少しだけ胸の痞《つか》えが取れた気がした。

「ありがとうございます。少し安心しました」

礼を言った正祐に、かまわず篠田は笑っている。

これはよくあることで、自分と、そして恐らくは寄り添っている他人と、分け合うか分け合わないか決めなくてはならないことなのだと、正祐は知った気がした。

やさしい同僚の篠田はいつでも親身になってくれるけれど、言葉にならない胸の冷たさを話す相手は一人しかいないとも今、教えてくれている。

誰とでも分け合えるのではない、思いがある。

だとしたら唯一の他人がもし自分のそばからいなくなれば、正祐には行き場のない愛が一人の手元に残るだけだと、本当はそれはいつからか知っていたことだった。

生き残った兵士と同じだ。音の鳴らない時は取り戻せない。


もうすぐ一人になるかもしれないのだから、一人になってみた方がいい。

立春《りっしゅん》を前にして正祐《まさすけ》は、携帯の電源を切ったままにしていた。

掛かって来ない電話、届かないメールは永遠のことかもしれないし、このまま唯一の人がいなくなるのであれば、一人で過ごすことに慣れなくてはならない。

「小説が……頭に入ってこないなんて」

祖父の形見の群青《ぐんじょう》のソファに横たわって、なんの本を捲《めく》っているのかもわからないままもう夕方だった。

土曜日の夕方など、以前なら多ければ朝から三冊目の文庫を捲っていた。

「私の人生からいなくなるかもしれない人のことばかり考えていては、この先を生きてはいけない……」

だから一人で週末を過ごせるように戻らなくてはとまた文庫を捲って、何処《どこ》まで読んだか不明になってとうとう胸に本が落ちる。

「一人だ」

幽霊マンションの暗い天井を見上げて、正祐は自分にそう教えてみた。

元々ずっと、一人だったはずだ。

自分のためだけに、本も読んでいた。ずっと。

だがここのところずっと正祐は、一人の男と読んだ本への思いさえ分け合って語らっていた。

朝となく昼となく、何か愉快なこと悲しいことがあれば、それが文字の中のことでもその男にどうやって話そうかと考える癖がついている。

「ほんの少し前の自分に、戻ればいいだけなのに……何故《なぜ》」

何故一人で生きていた頃に戻ることを考えただけで、冷たい水に胸まで浸《つ》かったような思いがするのかと、正祐は辛く身を捩《よじ》った。

考えまいとしているのに、また大吾《だいご》のことを思っている。

ただ一人の人と向き合うことを常としている男は、今頃自分ではない相手の手を取っているかもしれないという想像に、正祐はまた胸を水に浸《ひた》した。

「五年もずっと、忘れられずに。また競い合って高め合って。冬嶺《ふゆみね》先生が最高の相手なのはきっと、動かなかったことなんですね……」

なら何故自分といたのだろうと、そのくらいは大吾を咎《とが》めてもいいとも思える。

けれど作家としての大吾を誰より愛している正祐は、その東堂《とうどう》大吾が更に育って行くのに最も相応《ふさわ》しい相手がいるとわかって、恨み言を言う気持ちにはなれなかった。

冬嶺瑤子《ようこ》ともう一度寄り添うことがきっと、愛する人の最善なのだ。

「一人に、私が慣れなくては」

一人に戻るという言葉はあきらめて、正祐がまた読めない本を手にする。

なんとか最初の頁を捲ったところで、けたたましくインターフォンが鳴り響いた。

反射でソファから起き上がって、気づくと期待して玄関に駆けてしまう。

「何故電話に出ない！」

そういう期待を自分に許してはいけないのにと正祐が辛い思いでドアを開けると、鬼のような面《つら》をして、待ってしまっていた男が立っていた。

「電源を切ってみたんです……」

その男は会えない間に想像していたのと、何故か全く違う形相《ぎょうそう》をしていて、正祐に戸惑いをよこす。

「なんでそんな真似をする」

「あなたも急ぎの原稿があるとおっしゃっていましたし」

そう言っていながら昔の女にあんなに必死で連絡を取ろうとしていたのに、何故自分が電話に出ないことに鬼のように怒るのかと、けれど正祐は理不尽さより先に湧いた感情に泣きたくなった。

嬉しい、会いたかった、話したかった。

この男と出会うまでは持っていなかった情動が激しく胸を騒がせて、正祐はそれが辛い。

「やっと居場所がわかったんだ。つきあえ」

「居場所って……何処にですか」

「瑤子に会いに行く。おまえも来い」

ずっと正祐を苛《さいな》み続けている女性の名前を事もなく綴って、来いと大吾は言い放った。

「どうして私が一緒に行かなければならないのですか。あなたが……結婚までしようとした女性のところに」

「外は寒い。早くコートを取って来い」

「あなたは無茶苦茶です！」

説明もなしに、昔の女とよりを戻しに行くのにつきあえと言うのかと、さすがに正祐の声が泣く。

「……何を拗《す》ねてるんだおまえは」

そんな声を出される意味がわからないと、大吾は顔を顰めた。

「瑤子は昔の女だ。俺はただ決着を付けたいだけだ」

「意味がわかりません。私は、私には、そういう者がないのであなたのすること全ての意味がわからないんです！」

だからこんなに不安で堪《たま》らないのが何故わからないと声を上げながら、正祐も自分の思いをきちんと説明はできない。

「何処がわからないのか訊け。そうしたら答える」

「わからない場所もわかりません。私は一度も他人と寄り添わずに生きてきて、寄り添う想像もしたことがなかったのに、あなたは過去に幾度も他者と人生を共にしようとしてその人にまだそうして執着がある」

むしろそれらの感情の説明が欲しいのは自分の方だと、幼子のように正祐は訴えた。

「それは俺とおまえが違う人間で、違う生き方をしているから致し方ないだろうが」

互いに別の思いがあることに責任は負えないと、言い放った大吾は不遜《ふそん》ではない。

「……おっしゃっていることは、理解できます」

「ならコートを取ってこい」

理解はできても胸は引き裂かれるように痛いのだと、正祐は大吾に教えられず、仕方なく言いなりになった。

理不尽さを晒《さら》したくはないし、情人に押しつけたくない。

この痛みを愛する人にわかって欲しいのに、正祐は教え方がわからなかった。

西荻窪《にしおぎくぼ》から電車で新宿に出て、新南口に出る。

高層ビルを眺めるウッドデッキを渡って、比較的新しい書店の入っているビルの搬入口に、正祐《まさすけ》は大吾《だいご》に連れられて向かっていた。

「何故、私が同行しなければならないのですか。せめてその理由を説明してください」

原稿中の大吾と半月以上会わないことは普通のことだったが、それが永遠なのかもしれないという不安の中一人で過ごしたのは常とは全く違う時間で、正祐を酷《ひど》く痛ませていた。

だがよくよく見ると、いつもと全く変わらない大吾がいつもと変わらず強引に自分を連れて歩く背を見ていたら、そうして違う思いの中で半月を過ごしたのがもしかしたら己一人だったのかもしれないという可能性について、初めて正祐が思い至る。

「瑤子《ようこ》の連絡先はわからないし、どの編集者も俺の問い合わせに答えない。ここで捕まえるしかないんだ。時間がない」

だが冬嶺《ふゆみね》瑤子のことで、大吾は完全に頭がいっぱいだ。

ついこの間まで自分を愛してくれていたように見えたこの男は、いつ何がきっかけで昔の女に心を戻してしまったのか、そこから正祐にはわからない。

自分が彼女の作品を褒《ほ》め称えたところから何かが始まったとは、言っていた。

それならこの再会の引き金を引いたのは自分なのかと、寒空に正祐は泣きたかった。引き金を引いたから、復縁の場に、まだ別れも言い渡されていない自分が居合わせなくてはならないのか。

「あなたは……酷過ぎます」

「何がだ。おい、ちゃんと襟を閉めろ。風邪を引くぞ」

書店の搬入口で立ち止まって、大吾は正祐のコートの前が少し開いていることに気づいた。手を伸ばしてボタンを掛けてくれる大吾は、睦《むつ》み合っているときとまるで変わらないように映る。

「……お相手は常に一人だとおっしゃっていましたが、私を愛人にしてくださるということですか？」

それなら私は愛人という立場でも構わないと口走りそうになって、それが自分の本心だと正祐はわかった。

どんな形でも正祐は、たった一人の他人である大吾を失いたくない。

「どうかしたのか、おまえ。言ってることがさっきから意味不明だぞ」

それは限りなくこちらの台詞《セリフ》ですと正祐は言いたかったが、程なく搬入口から、夜目にも随分と美しい女が姿を現した。

中はあたたかかったのか、体の線がきれいに出る瑠璃色《るりいろ》のドレスを纏《まと》った女は、一歩外に出たところで濃い紫のカシミアのコートを、若い男に羽織らされていた。

「……会いたかったぞ。瑤子」

その美しい女に向かって大吾が名前を呼んだので、黒い髪を長くしてゆるやかに巻いている女が、冬嶺瑤子だと正祐にもわかった。

五十近い筈の瑤子は、変に若過ぎるという印象ではなかったが、恐ろしい程美しい。

隣に二十代に見えるそれもまた美しい青年を立たせているのがよく似合って、大吾が執着するのも当たり前だと正祐に思わせた。

「いやだ。誰？　ここを大吾に教えたの」

掠《かす》れた声も色めいて、瑤子は女の魅力という魅力を全て兼ね備えた化身のように月明かりに映える。

自分如《ごと》きには太刀打《たちう》ちできる相手ではないと、正祐はただ俯いた。

「おまえを取り巻くスタッフは優秀だ。誰も教えないが、今日この書店でおまえが講演会をすると知って待ち伏せた」

「それじゃストーカーじゃない。ちょっと、警察呼んで？」

傍らにいる青年に、深刻にもならず瑤子は告げる。

戯《ざ》れ言《ごと》だとわかるのか、愉快そうに美しい青年は笑った。

「また年下の男か、年下食いが。どんどん若くなるな。生き血でも啜《すす》ってるのか」

「人聞きの悪いこと言わないで。向こうからやってくるのよ。あなたもそう。この子もそう。ねえ?」

「はい」

何か車内刷り広告で見たような顔をした青年が、瑶子の言葉に素直に頷く。

「はいとか従順に頷くな! おまえこの間文壇デビューした新人だな。その女は本当に恐ろしい女だぞ!」

「やり直さないわよ。私、あなたとは絶対に」

青年に向かって歯を剥《む》いた大吾に、簡潔に瑶子は結論を聞かせた。

「誰がやり直したいと言った。おまえのような女誰が二度とつきあいたいか!」

「だったらなんでこんなところで待ち伏せしたの」

キョトンとして瑶子が大吾に尋ねたことは、正祐も答えを聞きたいことだった。

この間から強い執着を見せていたこの女性に対して、やり直したいのでなければ大吾が会ってどうしたいのか、目的が全くわからない。

「別れ際、おまえは俺の作家性について散々に言ってくれたな」

「そんなこと言うはずがないわ? 私はいつでもあなたを健気《けなげ》に立てていたじゃない」

「何処がだ! 俺はおまえからは否定しか受けたことがない!!」

「一の否定のために十の肯定を尽くしたのに、何故否定しか覚えていないのかしらねえ」

不思議だわと、華奢な肩を瑤子は竦《すく》めて見せた。

「そのままだとすぐに消えるとおまえは言ったが、今の俺を見てみろ!」

「今いやという程見てるわ。本当に暑苦しい男ね」

「そこじゃない!　作家としての俺を見ろと言ってるんだ。同じテーマに挑んでも、おまえは読んだの一言もない。どういうことだ!!」

「読んだわよ」

「俺の方がおもしろかったんだろう?　正祐」

不意に、大吾がそれを瑤子の前で証明しろと言わんばかりに、正祐を振り返る。

「あの……」

それを証言するために自分は連れて来られたのかと、正祐は困惑した。

昔の女とやり直すために、自分に言葉を尽くせということなのか。

だとしたら、これが自分の男で愛して止まない作家で、作家として何処までも成長して欲しい願いがあって、その男が型破りで封建的な男だとしても。

数え上げたどの要素をどれだけ引き算したとしても、自分はこの場でリアルに大吾を燃やす権利があるのではないだろうかと、正祐《ちんぶ》は大吾の理不尽にようやく憤りが湧いてきた。

「そのままじゃ消えるなんて、そんな陳腐な言い方はしていないわ。少なくともあと千字は労を割《さ》いたのに」

「言っただろうが。そのままじゃすぐ消えると！」

「いいえ？　あなたのそのとても雄々しい魅力を前面に押し出すのはとてもいいと思うけれど、少し傲慢《ごうまん》さが滲《にじ》んでしまって、それがやがて人々の強く気に掛かるところになってしまったら厄介じゃない？　もう少し隠せるようになるといいわね。だって一度それが気になってしまうと、人は中々忘れてくれないものだから。そうしたら残念なことになってしまうわ。と、言ったわ」

丁寧に言葉を尽くした瑤子が、けれど結局は大吾の汲《く》み取ったことが言いたかったのは、どんなにやわらかい声音でも正祐にも知れる。

「……言われてみれば、そんな言い方をしていたような気はするが」

「千字も尽くしてあげたのに、たった一行の真意をまっすぐ汲み取るなんて。あなたって本当に偉いのね」

「おまえは……っ」

完全に上どころか天上から教えられて、大吾は最早まともに言い返すこともできていなかった。

「あの、びっくりするほどあなた全く勝てていませんよ。不様なのでもうおやめになってはいかがですか」

何が目的なのかわからないが、とりあえずはまだ自分の男なのかもしれないと思うと、止めてやるのが情というものだと、正祐がなんとか憤りを納めて大吾の袖を引く。

「馬鹿を言うな！　俺はこの年下の男を弄《もてあそ》ぶことを趣味としている女にもう負けたりはしない!!」

「弄んでいるだなんて、人聞きの悪いことを言わないでちょうだい。私が年下の男とつきあうのは、有り余る母性のせいよ。有り余っているからこうして無償で振る舞ってるの。あなたにもたくさん振る舞ったのに」

「何が母性だ！　おまえのやってることは父親のやることだ！　千本ノックと同じなんだよ!!」

何一つ勝てないまま大吾が果敢に刃向かう言葉に、確かに母性と言うよりは父権の為《な》していることだとは、正祐も腑に落ちた。

「あらやだ」

言われて多少は思い当たったのか、初めて瑤子が大吾に言い返さずに、隣の青年を見る。

「そうかしら。もしかしてあなたもそう思ってる？」

「でも僕はそれがありがたいですけど。千本ノック、敢《あ》えて受けてます」

父権の中で育てられている自覚がある青年は、それに甘んじていると賢そうに微笑《ほほえ》んだ。

「そうよね。あなたもその私の千字の中の一行が楔《くさび》になって今があるなら、ありがとうの一言も言う所じゃないの？　私のお陰ですぐに消えずに、とりあえず五年は生き残ったということでしょう？」

「どうやって感謝しろと言うんだ！　俺はおまえを倒さないとその楔が消えないんだよ‼」

「あの」

ここまで来てやっと正祐が、自分の想像とは全く違う執着を、大吾が瑤子に持っているのかもしれないと気づく。

「もしかして、冬嶺先生とよりを戻したいという訳ではないのですか？」

え？　まさかと正祐は、もしかして大吾はこの細身の小柄な女性を、信じられないけれど倒しに来たのかと、大きく目を瞠《みは》った。

「何故おまえがいるのにこの父権の塊《かたまり》みたいな女とよりを戻すんだ今更俺が！」

なんの話だ一体と、大吾が正祐に向き直る。

「雑多な感情を、句点もなく一行に全て入れないのよ。それじゃあ主題が読み取れないでしょう。基本からなっていないのねえ。何年作家をやってるの？　それでやれているんだから、本当に驚くわ」

「一の否定に十の肯定は何処に行った！」

「だってとっくに私の男でもなんでもないのに、何故十の肯定を尽くしてあげないといけないの。それに結局、私の男だったときもそのお為ごかしの肯定に耳を貸さなかったんでしょう？」

「お為ごかしを聞いてもしょうがないだろうが‼」

いつも頼りに思うところのある自分の男が、昔の女に散々に蹴散らされているのを、さすがにやり切れなく正祐は見つめた。

「……ようやく目的がわかりました。ギリシャ神話から脈々と受け継がれている、父殺しですね」

「オイディプス王？　母親を得るために父親を殺す、原始の心で私のところにやってきたの？　母として慈しんだつもりだったのに、父として倒されるなんてそんなのあんまりだわー？」

倒される気など毛頭ない瑶子が、「酷い」と愛らしく肩を竦める。

「父殺しだと……？」

言葉にされて大吾自身も、初めて自分の行いが見えたように勢いが止まった。

「男子の精神構造としては、典型的なものです。『ハムレット』も言ったら父殺しの精神性ですし、『カラマーゾフの兄弟』も」

あなたのしようとしたことはわかりやすい男児の父殺しだと、文学作品を例に挙げて正祐がため息を吐く。

「どうして男って、父親を殺さないと自分の世界が始まらないの？　だから世界はいつまでも平和にならないのよ。世界から男を焼き払えば必ず平和になるわ」

「そういうことを言うようなおまえのような女が生き残って、世界に平和が訪れるわけがないだろう！」

「僕のことも焼き払うんですか？」

何が平和だと拙《つたな》い言い返しをした大吾を無視して、青年は瑤子に尋ねた。

「男を焼き払うときはね、あなたも焼くわ。私は平等を重んじるの。例外はないのよ。悲しいわ」

「俺の話を聞け！」

もはや幼児の駄々になっている自分の男を、正祐は新宿に捨てて帰りたい心境になった。

「あなたの偉いところは、ぐっさり刺されて痛くて死にそうな言葉をわざわざ取りに来るところよ。深々と刺される真実が、自分が目を逸《そ》らしている自分の欠点だから克服したいのね。わかるわ」

偉いのねと瑤子が、本当に幼子を見るように大吾を見つめる。

「まだ多少は愛情があるから、もう一度刺してあげましょう」

きれいに彩《いろど》られた唇が、艶然と弧《こ》を描いた。

「年の割にすっかり作品が落ちついて安定したわね。従順な恋人との時間にでも酔いしれているのかしら」

息を呑んだ大吾が抵抗する間もなく、微笑んだまま瑤子が蕩々《とうとう》と語り出す。

「最近のあなたの作品に漂う安定感。本当につまらない。永遠に思える伴侶でも得たのかしらねえ。幸せなのは結構だけれど」

ちらと瑤子は、それが目の前にいる初めて見るこの顔だとすっかり知っている深い瞳をして、正祐を見た。

「このままだと十年以内に必ず消えるわね」

「……っ……」

「十年後、また倒しにいらっしゃい」

もはや言い返すこともできない大吾にひらひらと細い指を振って、軽やかに瑶子が歩き出す。

「僕、車を呼んで来ます」

「気分がいいから歩きましょう」

親子ほども歳の離れた二人は仲良く寄り添って、夜の新宿に消えて行った。

消えてしまった女を倒しに来た筈の大吾は一切勝てないまま、この場に膝をつかないのが不思議なくらいの見事な負けっぷりだった。

「どうして勝てると思ったんですか……」

慰める言葉など見つかる筈もなく、何故そもそも闘いを挑もうと思ったのか、正祐はそこから問い質《ただ》したい。

「おまえがあいつを褒め称えたから思い出したんだ！」

「昔の恋人をですか」

当たられるのは本当に理不尽だったが、言われれば導火線に火を点けるが如き行いを確かに自分はしたと、それは正祐も覚えていた。

「倒さなければ前に進めない相手をだ！　だからこそ連絡先も全て保存していたのに……っ」

「なんというか。極めて女性的な造形をしてらっしゃった冬嶺先生にも失礼ですが、男同士のつきあいですね完全に」

「今はあいつと寝たことさえ忌々《いまいま》しい！」

もうすっかりその気が大吾にないことは思い知らされたが、寝たと言われると正祐の寒さも多少は蘇る。

「私があなたの方を評価したので、今こそ勝てると思われたのですか？」

「他に俺にどんな勝ち札が見えた」

無鉄砲だった自覚が生まれたのか、大吾の声が情けなく弱った。

「私は、きっとあなたの作家としての力になると思って、正月をあなたに求められた批評を一万字に尽くしたんです。冬嶺先生の本と合わせて二冊分の比較なので、二万字です」

どちらがおもしろいという幼稚な問いには、なんと本当に幼稚な真意しかなかったのだと思い知らされて、この男は本当に自分の知っている東堂《とうどう》大吾だろうかと正祐も限界まで呆れ返る。

「こんな馬鹿なことに付き合わされただけだったとは……開いた口が塞がりません。ここまであなたを馬鹿だと疑ったことはありませんでした。女性の見方というものは本当に聡《さと》いのですね。あなたは驚きの大馬鹿者です」

「自分の男に向かってよくもそう馬鹿馬鹿言えたもんだな！」

しかし特に言い訳も見つからないのか、たいしたことを大吾は言い返せなかった。

「他に言葉が見つかりません！」

自分も男ではあるが、男の愚かさを心《しん》からは理解できないと、子どもを叱るように正祐の声も昂ぶる。

「私が」

それは本当に母親が子どもを叱るような声で、瞬く間に小さく萎《しぼ》んだ。

「私がどんな思いでいたのか、あなたは少しもわからなかったんですか……冬嶺先生とよりを戻したいものだと思って。あなたに会わない間、身を引くことばかり考えていました」

「未練はないとはっきり言ったぞ俺は」

それは勝手な思い込みだと、大吾は正祐の訴えを汲まない。

「私よりもっと、あなたの力になる方です。よりを戻したいのだと思うのが当然でしょう」

「おまえはおまえで俺を侮《あなど》り過ぎだ。自分の力になるとかならないとか、そんな利害で俺が人を愛するほど愚かに見えるか」

今なら見えると正祐は言いたかったが、さすがに言葉にはしなかった。

「おまえに役に立ってもらう必要はない。ただおまえのことは愛おしく思っているだけだ」

「役に立っていたいというのは……私のあなたへの愛です。だいたいがそういう他者への執着自体が、わたしはあなたにしか向きません」

最初から何もかもが嚙み合っていなかったと正祐にもわかったが、それが自分一人のせいだとは思えない。

「知っている」

「いいえ。違う人間だから致し方ないと言いながら、私があなたと違う人間だということを、あなたが理解しようとしない。私はあなたが現れるまで一人でした。文字の中に生きていました」

憮然と言った大吾に、正祐は必死で拙い言葉を重ねた。

「だから、それは知ってる」

「あなたは何もわかっていません。あなたに出会って私は一人ではなくなったのです」

「それも知ってる」

「いいえ何もわかっていない」

知っていると繰り返すこの男はわかろうとしていないと、正祐が強く唇を嚙み締める。

「私には、一人だった記憶がはっきりとあります」

けれどどうしても今自分を知って欲しいと、正祐はあきらめなかった。

「あなたがいるので、私は今生まれて初めて他人と生きています。人に寄り添っています。私にはあり得ないことが起きたんです。私はあなたがいなくなればまた一人になるだけで、あなたのように心を通わせることができる人とまた出会えるとはとても想像できません」

知って欲しいのは、自分ではない。

「人を覚えた私には、けれどあなたしかいないんです」

ずっと胸にある、その心臓も止まる程の冷たさだ。

「それがどれだけ怖いか、あなたは知ろうともしない……！」

その冷たささえ自分には大吾にしか与えられないという、怖さだ。

気づくと泣いて、正祐はその場に膝をついていた。

「あなたが彼女の元に戻るというのなら、愛人でもなんでもいいので側に置いて欲しいとまで思いました。けれどあなたはそういう不誠実はしないと言う。だったら私はいよいよ一人になるのだと……っ、怖くて、怖くて……」

不様なのは己の声だとそれが耳に返ったけれど、取り繕《つくろ》う力などもう正祐には少しも残っていない。

「……泣いたり悲鳴を上げたりすることに、意味はないと俺は思ってきたが」

立ち尽くしていた大吾が、正祐の前に屈んだ。

「違うな。聞こえないとわからないことがある」

目線を合わせて、似合わない弱いため息を、大吾が落とす。

大きな掌《てのひら》が、正祐の頰に伝う涙を拭った。

「俺には確かに、自分より弱い者の気持ちを思いやる力がない」

「そういうことを言い放つところです。まず」

口惜《くちお》しく正祐は言い返したが、涙は止まらず声が震える。

「強い者は倒そうと思うが」

止《や》まない涙を、何度でも大吾の指が拘いた。

「弱い者はどうしてやったらいいんだろうな。おまえが愛おしいから、おまえが泣くのは俺は堪《こた》える。そんなにも不安にさせたのか」

冷たいウッドデッキに座り込んだまま、大吾が正祐を胸に抱く。

「不安は不安です。でも、私は校正者なので……あなたのように感情を明文化できない。ここにずっと何か」

自分の胸を、正祐は掌で押さえて見せた。

「冷たい水にずっと浸《つ》かっているようなそんな思いがあって。あなたを失うと思う度に、ただただ冷たくて……私は死んでしまいそうでした」

「……それは」

凍えた胸をあたためるように、大吾の手が正祐の胸に触れる。

「悲しみというんだ、正祐」

冷たさの名前を、大吾は正祐に教えた。

「俺は本当に馬鹿だ。おまえをこんなに悲しませて」

「あなたは……私には唯一、言葉が同じ人です。言葉が通じる。言葉は私には」

悲しいのだとわかったらなお涙が止まらずに、大切な言葉が綴れないまま正祐が唇をまた嚙み締める。

「……おまえの心そのものか」

「私の心を分け合う人は地上にあなたしかいないのに、あなたには幾人もいます。私はその中の一人でも構わないけれどでも」

「わかった」

堰《せ》き止められない悲しみをやはりきちんとは言葉にできない正祐を、大吾は強く抱きしめた。

「本当は全部はわかってない。でももう言わない。誰のことも二度と言わない」

耳元に繰り返して、大吾がそれを誓う。

「おまえの痛みを想像する努力をする。それは俺にはとても難しいことだと、おまえもいつかわかってくれるか？」

問い掛けられて正祐は、すぐには意味がわからず泣きながら大吾を見上げた。

「俺は共感する力が低い。他人の痛みや苦しみ悲しみを、想像して力になろうとはするけれど」

自分で言うのは辛いと、大吾が小さな息を吐く。

「そこに共感は、いつもできていない」

「知っています……けれど何故ですか？」

「痛くないんだ」

あっさりとその訳を、大吾は聞かせた。

「全くではない。だがおまえと同じ思いをしたとき俺は多分、おまえの十分の一程も痛んでいないだろうと思う」

「何故ですか?」

「違う人間だからだ」

繰り返してきた言葉に、大吾が苦笑する。

「俺は多分、特別に気持ちが強い。だから人の痛みは必死に想像しているが、自分の痛みに置き換えると、そのくらいは乗り越えられると思ってしまう。おまえの言う通り、弱者を助けようと思うことはあっても寄り添えていない」

梶井基次郎《かじいもとじろう》の話をしたときのことを、大吾が気に掛けていたと正祐は初めて知った。

「乗り越えられる筈だと思わない努力を、最近始めた」

だけど変わろうとしていると、少し頼りない声で大吾が教える。

「おまえが俺を思ってそうして痛むのを見て、俺もその痛みを知ろうと思う」

濡れた瞼《まぶた》に、大吾はくちづけた。

「だから泣くな」

唇の熱さを知って、自分を抱いている男が今は放さないでくれるのだと、ようやく正祐が実感する。

「……あなたに思い知らせるために、私は何度でも泣くべきなのではないですか」

それにしても随分酷い思いをさせられたと、正祐はまた頬が濡れた。

「今日はもう、許してくれ。おまえの目の前で不様に負け戦を晒《さら》して、おまえをこんなに泣かせて俺はもう」

いつでも猛々《たけだけ》しく張っている大吾の声が、初めて正祐の前で弱り切る。

「さすがに散々だろう」

「自業自得ですよ……」

「自業自得ほど辛いことはない」

それはわかっていると大吾は、懲りていることを言葉に示した。

抱かれて立ち上がり手を引かれて、大吾とともに正祐もゆっくりと歩き出す。

「先に行かれたお二人の軽やかさが、羨ましいです」

自分たちのなんと散々なことかと、正祐のため息は濡れた。

「言うな……本当に負けっぱなしじゃないか」

「もうあの方に勝とうなどと思わないでください」

そもそもそれが間違いの始まりだと、正祐が苦言を呈する。

「……何故返事をしないのですか」

父親を倒さないと自分の世界が始まらない男児は、そう簡単に成長を遂げてはくれなかった。

大吾《だいご》の家に辿り着いたときには二人とも凍《こご》えきっていて、風呂を使ってただ抱き合って眠った。

正祐《まさすけ》にも女達のように、いよいよ大吾が稚《いとけな》き者に見えて来て、髪を抱こうとするとその意図が伝わったのか大吾は嫌がった。

嫌がったがそうされる自分も知ったのか、やがて正祐に髪を抱かれるまま大吾も眠りについた。

目覚めて簡単に消えるような昨日の気まずさではなく、大吾の方は相当な恥ずかしさが残ったと見えて、憐れみから正祐はこの家のお勝手で初めて朝食を作ってやった。

「いつまでそうして口惜《くちお》しそうな顔をなさるおつもりですか。あなたの女性観は歪んでいます。倒すなどと、女性ですよ」

もう本当にそれはあきらめてくれないと数年後また不様な負けを見るだけだと、子どものような顔で朝食を食べ終えた大吾に正祐が告げる。

「それこそが性差別だ。おまえはあの女が俺にやり尽くしたことを知らないから、そんなことが言えるんだ」

朝の光の中の紫檀《したん》の座卓で食器を重ねて、大吾はあきらめの悪いことを言った。

「話には聞きました。散々に振られたと」

「今見ることもできるぞ」

口を尖らせて大吾が、母との映像を観たタブレットを、また座卓の下から取り出す。

「ここに入れているのですか？」

五年も前の屈辱映像を、なんて執念深いと正祐が表情に露わにすると、「違う！」と大吾は歯を剝《む》いた。

「なんと今でも、世界中が俺の不様な振られっぷりを観られる世の中だ……」

恐ろしい世界だと言って、大吾が違法にアップロードされている過去動画を開く。

誰がどんな悪意でそれをウェブに上げたのか、どうやら東堂《とうどう》大吾とワードを入れれば世界中誰でも簡単にその残酷動画を観られる仕組みになっているようだった。

さすが四方八方から嫌われているだけのことはあると感心しながら正祐は映像を観たが、篠《しの》田《だ》から聞いてはいたがまだ若造の今より粋がった大吾が熟女に笑顔でこっぴどく振られる様は、見るも無惨という言葉ではとても追いつかない。

「……あなた、理想の女性像をインタビューで語って、よく燃えてらっしゃったじゃないですか。昨年末に」

慰める言い様など、正祐に見つけられる筈もなかった。

「なんだ今頃」

「篠田さんがそのときに、東堂先生の男振りと甲斐性《かいしょう》なら、現実にこういう自己犠牲の塊のような女性に尽くし倒されていることもあり得ると羨望を口にしてらっしゃって」

「ふうん。またあいつとホルモン酒場で呑むか」

残酷動画を観たばかりだというのに確かに大吾は鋼《はがね》の心で、篠田の言葉に気を良くしている。

「あなた、実際はああいった女性とおつきあいなさったことがありませんね？」

「おまえの情操の幼さで断定するな」

「どうなんですか？」

幼い情操と言われても、今日という今日は正祐にもそれは断定できた。

「……あれは、ディズニーランドみたいなもんだ」

「鼠《ねずみ》の暮らす国ですか」

どういう喩《たと》えなのか全く大吾らしくないという時点で、続きが正祐にも想像できる。

「実在はするが俺は行かない。別に行きたいと思ったこともない」

「なんと申し上げたらいいのか、手酷く女性に振られた少年の願望でしかなかったのですね
……安堵《あんど》しました」

「安堵されたくないぞ！」

「ディズニーランドに行ってはみたいということなのですね」

「憐れむな！　全く行きたくない‼」

むきになって言ってから、あまりに子どもっぽいと自分でも思ったのか、大吾は勢いを引っ込めた。

「……俺は、まず会話が成り立たない人間とはつきあえない。そこはおまえと同じだ」

「そういうことを言ってしまうところがあなたの女性への敬意のなさです……直して参りましょう」

「おまえが俺を直すのか⁉」

「確かに運命の出会いかもしれません。女性にあなたの受けたこの仕打ちを癒すことは、難しいことだったでしょう。ここまで打ちのめされたなら」

「だから憐れむな！　別に俺はそこまで傷ついていない‼」

昨日向こう見ずに倒しに行っておいてよくそんなことがとまでは、憐れんで正祐も言わずに納める。

「今のあなたには、私が必要なようです」

それでよしとすると、正祐は笑った。

「今、か」

ゆるやかにやわらかい声で諭されて、大吾も仕方なく苦く笑う。

「今を積み重ねるしかないな。未来の約束ができないのは、俺も、おまえも、誰も同じだ」

「私はそれを覚えていきます。少しずつ」

「ああ、そうだな。俺も、少しずつだ」

「そしてあなたは私の痛みを学び終えたら、女性の痛みを学ぶべきです」

それにしてもやらかし過ぎていると、正祐は重くため息を吐いた。

どういうシステムなのかこの動画サイトは、次々と東堂大吾の女性との遍歴《へんれき》の痛みを自動で再生して見せてくれる。

「……女は強いぞ、恐ろしいほどに。おまえも見ただろうがあの女を」

「そういうところですよ。そういう物言いです。きちんとした教育から始めなくてはなりませんね」

「おまえが俺を教育するのか」

心外というよりは、教育されるということが瑤子《ようこ》を連想させて、大吾は大きく顔を顰《しか》めた。

「他者への敬意は、全速力で覚えた方がいいかと思います」

次々再生される中には最新の「凜々《りんりん》」の宣伝対談も交えられていて、世の女性の全てが麗子《れいこ》のような境地になれる訳がないと、正祐は先生に伝えてと母に言われた言葉に厳重に封をした。

「あなたはいらないと言いますが、あなたの役に立つ者でありたいのは私のあなたへの深い愛情です」

だから受け取って欲しいと、ふと正祐がまっすぐに大吾を見る。

「……なるほど。お互いに違う人間だ」

「覚えましたか？」

ほんの少しいたずらっぽく、正祐は大吾に笑った。

「今日はもう勘弁してくれ」

泣き言を言う大吾がかわいらしいと思える境地は、まだ正祐には遠い。

違う人間だと覚え直すことを繰り返して、違う痛みがあることを知って、そのことに泣く日もきっとまたある。

それでもこの自分ではない他の男の側にいたいと思う厄介な心をいつの間にか正祐は愛おしく抱いていて、手放せないことはまた、己ではままならないことだった。

兵舎に鳴り響く、金槌《かなづち》の音のように。

色悪作家と校正者のデート《いろあくさっかとこうせいしゃのデート》

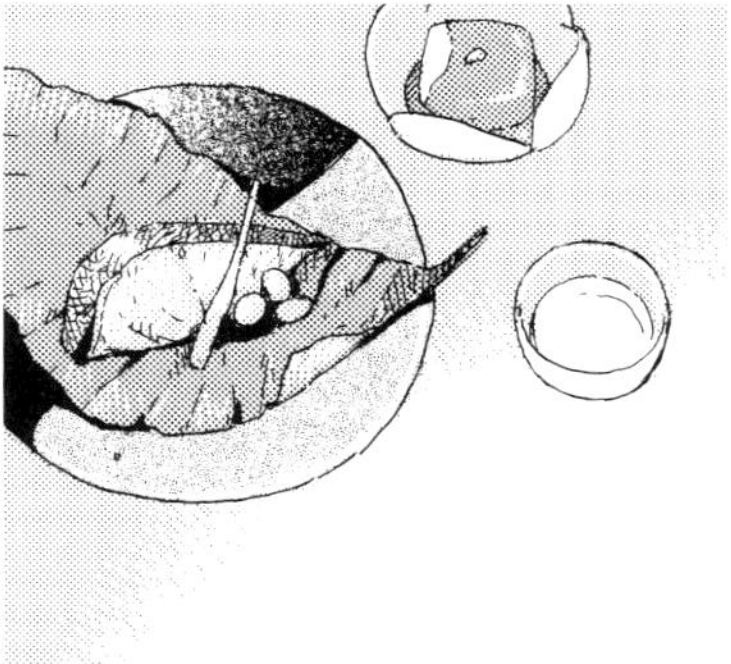

まだ立春で真冬の寒さは充分居残っているというのに、西荻窪《にしおぎくぼ》南口駅前鳥八《とりはち》のカウンターで、塔野正祐《とうのまさすけ》は左隣の男が発する熱に若干辟易《へきえき》していた。

「……食事中くらい、お忘れになってはいかがですか」

せめて少しいい日本酒をと京の華を慎《つつ》ましく大吾《だいご》の猪口《ちょこ》に注いでやったが、きっと味などわからないのだろう勢いで東堂《とうどう》大吾がすぐさま呑み干す。

「散々に書き散らかしやがって……！」

「はい、鰆《さわら》の包み焼き」

手元の文芸誌を離さず憤る大吾に構わず、鳥八の主人老翁百田《ろうおうももた》が、朴葉《ほおば》で包んだ鰆を置いた。

「そのように良いお皿を今出していただいても」

「急いで塔野さんが食べな」

きっと隣の熱い男には味などわからないともったいながった正祐に、もちろん承知だと百田が笑う。

「おまえは二万字尽くして俺を称《たた》えたというのに、この男は三万字も尽くして俺を扱《こ》き下ろしているぞ!!」

「私は二万字全てをあなたを称えるために労したつもりはございません」

大吾が摑んで放さない文芸誌には、今どきなかなかいない気骨のある若手文芸評論家が、先般の冬嶺瑤子《ふゆみねようこ》と東堂大吾の、番《つがい》のような装丁で出版された本について論じていた。

かつて文壇を色めかせた歳の差カップルが、別れてなお再び同一のテーマに挑んだことは興味深い出来事で方々で話題にはなり、こうして今をときめく評論家も三万字を尽くしたのだろう。

「『何故敢《なぜあ》えて負け戦とわかっていて挑むのか。それを勇ましいと捉えるには聊《いささ》か愚かさが際立つ。愚かな行いには愚かに言葉で報いるのが礼儀とも思い私見を添えよう。それ程昔の女というものは忘れ難いものなのか。見事に透けて見える未練が、ただ一つ男の憐れのみを私に教えた』。……誰があんな恐ろしい女に未練など！　真っ向から闘い抜く!!」

そこまで言われたら大吾でなくとも腹が立つのは正祐にも理解できるが、何しろ大吾なので口から火を吐いているが如《ごと》き憤りようだ。

「まさに気炎を吐いていらっしゃる……」

もったいないから早く食べてしまおうと、正祐は大吾を捨て置いて鰆を突《つつ》いた。

「俺よりも鰆が大事か！」

「なんと鰆が目に入っていらっしゃったとは」

「俺も食う」

まだまだ熱を発しながらも、大吾が箸を取って鰆を頰張る。

「……旨《うま》いな。春の気配だ」

「味がしたようで何よりだよ」

天ぷらを揚げていた百田が笑った。

「あなた、その評論家に反論をなさるおつもりですか？　おやめになってはいかがですか？」

「質問しておいて答えを聞かずに、すかさず俺を止めるとはどういう了見だ」

やはり大反論をするつもりと思《おぼ》しき大吾が、不機嫌そうに眉間に皺《しわ》を寄せる。

「森鷗外《もりおうがい》もそうして気勢を上げて自らが論客《ろんかく》となり闘っていましたが、後に悔やんでいましたよ」

「俺は鷗外程じいさんじゃない。悔やむのはもっと後でもいいだろう。だいたい鷗外は、軍医であり翻訳家であり、作家としてのアイデンティティにはコンプレックスがあった」

「まさかあの美文家と一緒にするなとおっしゃるのですか？」

勢いで森鷗外まで否定的に語る気かと、正祐は呆れた。

「……いや、鷗外自身が何度か書いていただろう。小説が書きたいのにドイツ語ができるもんだから翻訳ばかりさせられてと」

そう言われると腹が立ったまま鷗外を語ることはできないと、大吾も一旦は気勢を下げる。

「不満の多い方でしたね。けれど当時の文豪たちのどの書簡を見ても、心晴れやかで不満も不安もないということはなかったと思います。そういう気持ちを振り祓《はら》おうと必死で、宗教的になったりした方も多かったことを思うと、鷗外の不満はかなり現実に即していて尊敬できますよ」

「どうした。今日は鷗外の話か。やけに突っ込んだところにいくじゃないか」

それはそれでおもしろいと、大吾の心がようやく書評から離れかけた。

「幸田露伴《こうだろはん》と鷗外の交流についてご存じですか？」

「どちらも書を読みはしたが、交友関係にはあまり興味がない。露伴はせいぜい『五重塔』を読んで十兵衛《じゅうべえ》に共感したくらいだったが」

「そうでしょうともね……」

「五重塔」は職人気質《かたぎ》と言っては職人気質にも申し訳ないような強情な職人十兵衛が、同じく職人で棟梁《とうりょう》である源太《げんた》の気遣いなど一つも聞かずに五重塔を完成させ大嵐が来たので見守れと言われて「塔が倒れることなどあり得ない。そのときは自分が死ぬ時だ」と天辺《てっぺん》で豪語する物語だ。その時五重塔の下では、源太が塔を守っている。

「何か不満か！」

「いいえ。あなたは十兵衛のような心持ちでありながら、一人で作家をしていらっしゃること、とても尊く存じます。決して人を集めて何かをしていいような人格ではありません」

「どんな罵《のの》りだ」

「十兵衛のことですよ。立派な職人でも、大工たちをまとめる人ではなかったでしょう。五重塔をどうしても一人で作りたいというのはただの驕《おご》りです」

職人としてはともかく棟梁にはと言われると、大吾も自分に準《なぞら》えて無理だろうと反論はしなかった。

「なんだか不思議です。露伴は書簡を読むとおっとりした人物に思えて、心に十兵衛のような者を飼っているとは」

実のところ正祐は、書簡に話を戻したいだけだった。

「作家は自分の中に飼ってる者を書いているわけではないぞ。皆がどうかは知らないが。そんなことをしていたらあっという間に書くものがなくなるだろうが」

「それはそうですね。何処《どこ》かで十兵衛のような人を見たのか」

「或いは憧れたのかだ」

そういうこともあり得る人物像だと、大吾が酒を手に取る。

「鷗外とやり取りしている露伴からは、真逆の人間性が垣間見えます。私には」

「そんなに露伴と鷗外は親しかったのか」

やっと望むところに話が戻ったと、正祐は息を吐いた。

「鷗外は広い屋敷を歌人や作家に開いて、文壇サロンにしていました。訪ねた文豪も交流した文豪も数多く」

有名な話のはずだと思いながら、一応の説明をする。

「その実際の場所に行くと、記念館があります」

「根津《ねづ》だったな」

「近いですが、千駄木《せんだぎ》です」

なんとなく場所を知っている大吾は、けれどそんなに深い興味のある風情《ふぜい》ではなかった。

「森鷗外記念館に行けば、書簡が多く展示されています。露伴とのやり取りもあるのではないでしょうか。今、丁度常設の他に書簡が特別展示されていて……」

それでも少し食い下がって会社でもらった案内を正祐が見せようとしたところで、大吾の顔がまた険しくなる。

「作家同士の交友関係など、作品には何も関係がない。友人だろうが恋人だろうが夫婦だろうが、別れていようが未練があろうがなかろうが！」

作家の交流の話からの連想で、瞬く間に大吾は書評の中に帰って行った。

「反論があれば枠を設けると編集長が言ってきた。言われっぱなしではいられん」

気炎を吐いているなどと表現してやらずに、「カッカしている」が最適としか今の大吾は思えない。

「けれど、それこそ無関係ではないですか」

ため息を吐いて正祐は、森鷗外書簡特別展示の案内を出すのをあきらめた。

「何がだ」

「作家が何を思っているかという主張と、世に放たれた作品は何も関係がありません。あなた自身がご自分の小説への批評に言葉で反論することに、何一つ意味を感じませんが」

こんな正論を吐きたいわけではないと正祐が、手酌でかなりいい酒である京の華をやって無駄に憂いを帯びる。

「瑤子に未練があって一冊の小説を書いたわけじゃないと言わないと気が済まないんだ！」

「そこを敢えておやめになってはいかがですか」

「淡々と止めるなおまえは」

めげずに、しかし強くもなく主張を変えない正祐に、大吾も勢いを削がれた。

「だってあなた、連敗中ですし」

本当は正祐は鷗外の話に戻りたかったが、どうやら大吾はまだ書評のことで頭がいっぱいのようだった。

「はい。牡蠣《かき》の酒蒸し」

見事な昆布の上に載ったぷっくりとした乳白色の牡蠣を、百田が正祐の前に置いてくれる。

「ありがとうございます。これは私は蔵太鼓《くらだいこ》純米で是非」

いい選択だと百田は、すぐに酒を用意してくれた。

百田曰く牡蠣は滋養があって、こうして正祐に出してくれたということは力なく映ったのだろう。

「俺も牡蠣が食いたい」

「それは塔野さんのだよ」

何故だと不満そうな大吾だが、確かに牡蠣を食わせる必要はなく、充分過ぎるほど元気で熱気に漲《みなぎ》っていた。

書評のことで頭がいっぱいだということは、瑤子のことで頭がいっぱいだとも言えるだろうにと、正祐が牡蠣を口に入れる。

「本当に、海から来たという潮の味です」

両手で口を押さえてうっとりしてから、正祐は潮の味と合わせるように蔵太鼓を含んだ。

「俺にもよこせ」

「この牡蠣は、今の私に必要な牡蠣です」

「どうしてだ」

意味がわからんと大吾は子どものように不貞腐《ふてくさ》れている。

やんちゃな小学生男子のような執着を大吾は決して捨てないつもりなのかと、正祐は気持ちが沈んだ。

「……嫉妬なんでしょうか。私のこの、冬嶺先生との件に対する気持ちは」

結局のところ、書評にかこつけて大吾が瑤子と関わることが嫌なのかと、とうとう己を疑う。

「そうなのか?」

独《ひと》り言《ご》ちた正祐の言葉を拾って、あろうことか大吾は瑤子に正祐が嫉妬したことに浮ついた声を聞かせた。

「もう、向き合わないでいただけたらという思いがあります」

自分がもう少し平易な人間であったなら、「腹立つ」の一言でここは終了できたと正祐自身は気づけない。

「そうか」

「あなたの無様な負けを見るのはもう嫌です……」

「次こそ負けるものか！」

待っている答えが一つも返って来ないことが、正祐はふと辛くなった。いつもよりずっと会話が嚙み合っていないのは一体何故なのか。

正祐はしたい話がまるでできていないし、大吾に投げた言葉も意味の通りには受け取られていない。

無様な姿が見たくないというより、正祐は本心では全く別の心配をしていた。

「馬から落ちないでいただきたいのです」

その心配の欠片《かけら》を、カウンターにそっと落とす。

「何処から馬がやって来た」

困惑して大吾が、唐突に比喩に用いられた馬について正祐に訊いた。

それは鞄の中にある案内から来た馬で、その馬については正祐はさっき大吾にそれとなく話している。

大切な人が馬から落ちることが心から心配だ。馬から落ちたら、大吾だとてそれは痛いだろう。

自分の外側にある体なのに、大切な人の痛みを自分のことのように感じて案じてしまう。

「私」

自分と大吾が他人であるということは、先日きちんと知った。

「西荻窪ではないところに、少し出かけたいんです」

だとしたら大吾には、好きに馬から落ちる自由がある。

「俺とか？」

「はい」

「珍しいことを言うな。初めてじゃないか」

驚いて大吾は、正祐の顔を覗き込んだ。

何かあったかと少し心配するような声で、大吾が訊いてくれる。

「どうした」

それは、正祐のとても好きな言葉だった。

大吾に「どうした」と問われることが嬉しくて、正祐は一つ残った牡蠣の皿を左隣に置いた。

「なんだよ。……いただきます」

どうもと苦笑して、大吾が牡蠣を喰らう。

ちらと二人を見て、百田は笑っていた。

「牡蠣を食うと、なんだか元気になるな」

そう言いながら実のところ大吾は、瑤子に散々に負けを晒《さら》した晩以来、閨事《ねやごと》に及ばない。そんなに日は経っていないが、機会がなかったわけではない。

当の夜も、ただ抱き合って眠った。今日もどうやらこのままお互い別々に帰るようだ。

性質的に正祐は積極的に閨に入りたいわけではなかったが、負けて以来いたさないというところには評論家同様に男の憐れを感じていた。

多分そこは関わりがあるのだろう、大吾には。正祐の方には全くどうでもいいことだ。

隣に座って同じものを食《は》んでいる男は本当に自分とは違う人だと、また実感した。

「雄としての権威と寝床が直結して自信を失っているんでしょうか……」

歴史校正会社庚申社《こうしんしゃ》二階の校正室でぼんやりと窓に向かって呟いた正祐《まさすけ》に、隣の善良な同僚篠田和志《しのだかずし》は不覚にも鉛筆の先を折った。

だいたい正祐が言っている意味を篠田は理解したものの、誰の話だと突っ込んでやるほどには親切ではない。

親切でもないし、篠田はとても用心深い聡明な男だった。

「篠田さん」

自分のせいで篠田が手を止めたと気づかない若干善良さには欠けている正祐は、休憩だと勘違いして椅子の向きを変えた。

「質問があるのですが」

「……どうぞ……」

何処《どこ》かの猛々《たけだけ》しい雄の寝床のことを質問されるのであれば断固として固辞したかったが、眠そうな目でまっすぐ見られて問われては、仕事のことかも知れないので聞かないうちに「嫌だ」とも言えない。

聡明故に難儀な男である。

「一度も勝てていない相手に、何年負け続けてもまた挑みに行くのは何故でしょうか？　成功体験がないのに挑戦する理由が、私にはわかりません」

しかし篠田が身構えた割に、正祐の質問はごく真っ当なものだった。

「男の話か」

今日の眼鏡の蔓《つる》は鴇鼠《ときねず》がアクセントになっている篠田が、苦笑とともに尋ねる。

「はい」

「うーん。その人物を知らないで断定するのも躊躇《ちゅうちょ》するが」

そう言いながらも篠田は、その挑戦者が大吾《だいご》なのだろうとは想像していた。正祐の個人的な話に登場するのはほとんどが大吾だ。

「それは、まだ男の子だからかもな」

そして誰にとって遺憾《いかん》かはわからないが、東堂《とうどう》大吾が年上の元恋人冬嶺瑤子《ふゆみねようこ》に交際当時から現在に至るまで負け続けていることは周知されているので、鉛筆の芯が犠牲になった正祐の呟きは大変気の毒なことに大吾の女性問題だろうと、篠田が胸に仕舞ってきっちり鍵を掛ける。

「何故男の子はそうするんですか?」

善良な質問をしている正祐は、篠田にそこまで見透かされていることに気づく能力など持っているはずもなかった。

ごく普通の機微にも欠けている、「冷やし中華はじめました」と同じ張り紙で「人間はじめました」という三十前だ。

「もしかしたら今日こそは勝てるんじゃないかと、成功のビジョンもないのに行ってしまうのが男の子だ。経験値のなさもあるが、単に男の子とはそういうもんだよ」

説明のしようもない理不尽な謎行為だと、自分は絶対にそれをしない篠田が肩を竦める。

「大きな男の子ですね……大迷惑です」

「パチンコや競馬がその極め付きなんじゃないのか？」

博打と同じでどうしてそうするかと言われたらそこにパチンコ台があるからという理由以外ないだろうし、負けると思ってやるものはいないと篠田は掌を見せた。

「そういうものですかね。パチンコも競馬も私はやろうと思ったことがないので、理解できません。女の子はしないものですか？」

パチンコや競馬どころか勝負事の全てが遠い正祐は、何故男子だけがその博打を打つのかそこが疑問となる。

「性差で語るとどっからともなく怒られるが、比較的しないだろうな。女の子というか、女性は。博打《ばくち》というか、負け戦をしないんじゃないのか？」

「確かに女性はしなさそうです。何故ですか？」

しかし言われれば正祐にも、数少ない身の周りの女たちが、勝ち目のない戦に気合だけで突っ込んでいくとは到底想像できなかった。

「無駄を好まないとも思えません。こう言ってはなんですが、母や姉を見ていると無駄なものばかり欲しがります」

「おい。それはおまえにとって無駄なだけだ。着物や宝石や花のことか？　おふくろさんやお姉さんからしてみたら、おまえや俺が積んでいる本が無駄だ。無駄だと言われてある日断りもなく捨てられてしまったらどうする」

問われて、想像することも恐ろしく正祐が硬直する。

「同じように、こちらが無駄だと思っている他人様のものにも絶対に触れてはならないし、特に女性の持ち物に対して無駄なんて言葉を使うな……これは遺言だ」

「……よく、理解しました。二度と申しません」

何気なくずっと思っていたことが口から出てしまったが、今篠田に遺言されなければ母や姉の前でいつか何気なく言い放ってどんなことになったかわからないと、正祐は身を引き締めた。

「多く紡《つむ》がれる、『かわいい』の否定も以《もっ》ての外《ほか》だ。これも遺言だぞ」

「何か相当懲《こ》りることがおありになったのですね。お察しします」

そこまで重ねられるとさすがにどんなに正祐が鈍くても、篠田の経験から来た重過ぎる遺言だとわかる。

「何も訊かないでくれ」

「むしろ何も聞きたくありません。すみませんが話を戻してもいいですか？　それが理由でないのなら、何故女性は負け戦をしないのでしょうか」

そんな恐ろしい話はしていないと、正祐は疑問に思った地点に戻った。

理由は語りにくいと、篠田がこめかみを掻く。

「不安や恐怖は残念ながら」

珍しく篠田は、大きなため息を吐いた。

「知力の証だ」

「ああ……あああ、なるほど」

常日頃から大吾は知力の塊に見えるし実際物をよく知っているが、適切な判断を得るに足る意味での知力は現在ほぼ見当たらない。

ここのところは行方知れずだ。

「俺は、社会を回してるのは女性だと思ってるよ」

窓の方を見て篠田は、「女に勝てるものではない」と遠い目をした。

「うちだって、社長が考えなしにぼんやり打ってる博打をきちんとビジネスに替えるのは」

「皆までおっしゃらなくて大丈夫です」

言われなくても世間知らずの正祐にも、この庚申社の経営を切り盛りしているのは社長小笠《おがさ》原欣也《わらきんや》の長女だとわかっている。

「男にできるのは大枠を作ることだな。地図を描き、枠組みを作る」

「力仕事ですね……」

「うちの会社の話だ。違う社会も何処かにあるさ」

かなり偏《かたよ》った持論を展開してしまったと、慌てて篠田は言葉を切った。

「天竺《てんじく》より近いといいですが」

西遊記の世界に入り込んで正祐が、頭の悪い猿が自分の男の顔をして見えて肩を落とす。

「鷗外《おうがい》は弁が立ちましたが、それでも散々に論客と闘ったことを後悔して恥じているような文章もありました」

「まあ、でもそういうものは一時的な後悔かもしれないぞ？　その晩たまたま『ああなんであんなこと言っちまったのかな言わなきゃよかった』と俄《にわか》に恥ずかしくなって勢いで文章に書き留めて、それが後世に残ったんで読んだ者は鷗外は悔いたと思わされているだけで。翌朝にはけろっとしてたかもしれないじゃないか」

もっともらしい想像を語られて正祐は、特に反論する材料も鷗外にはないし、自分はあまり人がどうするものかという例も知らぬと項垂れた。

「ただの想像だ。どんな文章が残っていたって、他人に出来るのは想像だけなのは誰が相手でも同じだよ。行きたいのか、鷗外書簡特別展示」

先日仕事先からその案内を貰ってから正祐の話題に鷗外が増えていて、わかりやすいと篠田が笑う。

「……鷗外って、私の中で高低差が激しいんです」

素直な気持ちは言えず、正祐は鷗外の全てを称賛するわけではないと、言い訳のように言った。

「俺もだよ。ああ、東堂先生みたいだよな。鷗外」

言われて、考えたことはなかったがその通りかもしれないと、正祐は初めて気づいた。

「たまにどうかと思う封建主義が垣間見えるどころの騒ぎじゃないかと思えば、スーパーリベラル。大塩平八郎《おおしおへいはちろう》も書いてるな、鷗外も。それに喧嘩っ早い。思想はそんなにぶれないのに、たまに激しい高低差を感じる。あ」

「高瀬舟《たかせぶね》」と「舞姫」が違い過ぎると、鷗外を読んで思う者は多い。

「なるほど女絡みだけだから、好みの問題だな」

そこが自分の中の高低差だと、篠田は一人で結論に行ってしまった。

「好みって、女性の好みですか？」

正祐は一足飛びにはそこには行けず、篠田に問う。

「そうとも言うし、恋愛への執着が、俺と鷗外には温度差がある。俺の方が温度が低いので興味が持てないから、鷗外作品に恋愛が絡んで来た時にその作品を俺は低く見てる。それはこっちの都合だな」

「なるほど。そこは私も同じ傾向があります。恋愛至上主義であれば、また読み方が変わるんでしょうね」

わかりやすい説明に感心して呟いてから、しかし大吾と在る自分ばかりは恋愛に対して強い執着があると、正祐は不意に困惑した。

「……私は、分けて考えます。勝負、仕事、恋愛」

「俺もそうしてるよ」

当然と肩を竦めた篠田が同僚なのは本当に幸いだと、正祐は安堵して笑った。

「仮に勝負に負けたからといって」

閨《ねや》で役に立たなくなるとは本当に立派な男の子だと、ぎりぎり声に出さない理性が、正祐にもなんとか在る。

唯一の愛する人は、自分とは違う、自分の外側に在る他の男の子なのだと、何度でもそれを思い知らされた。


「ここではない……」

西荻窪《にしおぎくぼ》の外に二人で行きたいと言ったのは確かに自分だったが、立派になった東銀座の歌舞伎座のことではなかったのだがと、どう座っていたらいいのかもわからない桟敷《さじき》席で正祐《まさすけ》は小さく呟いた。

水曜日に早く上がるのは難しいかと突然大吾《だいご》に電話で問われて半休を取り、何かと思えば二月大歌舞伎に連れて来られた。夜の部が始まったのは四時半だったが、イヤホンガイドを聴きながら必死に話を追っていた散々な物語「熊谷陣屋《くまがいじんや》」が終わるまでが既に気が遠くなるほど正祐には長かった。

そしてなんとこの後まだ夜の部は、演目が二つある。

「救いようのない話だったな。カタルシスは必要なかったんだな、昔は」

正祐はいつもの濃鼠色《こいねずいろ》のスーツに紺のネクタイで、大吾も一応場に合わせたのか珍しく余所《よそ》行きの黒いジャケットを着ている。

「お座席でそのような……楽しまれた方に失礼ですよ」

「……そうだな。礼に欠いた」

そういう礼には実のところ欠かない大吾も思わず口から出てしまうほど、「熊谷陣屋」は酷い話だった。

源平合戦の折、源氏の武将熊谷次郎直実《なおざね》の陣屋前に「一枝《いっし》を盗むものは、一指《いっし》を切り落とす」と制札が立っている。そしてその陣屋には、平敦盛《たいらのあつもり》の母親と、熊谷の妻であり嫡子《ちゃくし》小次郎《こじろう》の母がやってくる。敦盛は討たれ首を取られたとなっているが、その首は実は小次郎のものであり、大将義経《よしつね》の命《めい》で熊谷は敦盛を逃がして代わりに自分の息子の首を差し出したのだ。義を果たした熊谷は生きる意味を失い出家して旅立つ。

「しかしカタルシスがあるのであれば、ご説明を受けたく思います」

誰かへの嫌味などではなくこの物語の何処《どこ》かに教訓や人情があるなら知りたいと、正祐も思わず追随した。

「イヤホンガイドは説明してくれなかったな。コーヒーでも飲むか。休憩が長い」

何しろ弁当が食えるほどの長さだと、大吾に誘われて歌舞伎座の中を歩く。

土産物屋や茶屋があり、物珍しい歌舞伎座歩きは正祐にも多少楽しかった。

だがこの後また先刻のような物語が二つも待ち受けているのかと思うと、気持ちが沈んで足元を眺めてしまう。

隣の大吾が自分を見たと気づいて、正祐は慌てて顔を上げて笑った。

「正祐」

何か大吾は言い掛けて、珍しく少し迷っている。

大吾が何を言おうとしているのか想像がつかず、困ってただ正祐は笑顔を返した。

「東堂《とうどう》先生」

不意に、そうして茶屋の前で向き合っている二人に少々遠慮しながらも、大吾を呼ぶ声が掛かる。

驚いて二人して振り返ると、そこにはまだ若いのに粋《いき》に着物を着た三十代の男性が立っていた。姿がよく丸い眼鏡が似合って、歌舞伎には慣れている様子だ。

「失礼だが」

名前を呼ばれたものの誰なのかわからず、率直に大吾がその旨を伝える。

「ああ、すみませんお声を掛けたのは私が失礼でした。お目に掛かるのは初めてですが、あまりに歌舞伎座が似合ってらっしゃるのでつい」

袖から木綿の名刺入れを取り出して、男は大吾に両手で差し出した。

その名前を見て目を瞠《みは》り、大吾が取って喰らうほどの勢いで随分やさしそうな男を見る。

「よくもこんなところでのうのうと……っ」

名刺の名前は正祐にもしっかり見覚えがあって、この男は先日三万字掛けて東堂大吾を滅多切りにした文芸評論家の田村湛《たむらじん》だった。

「おっと、東堂先生。場外乱闘はいけませんよ。明治や大正ではないのですから。あくまで本の上で、ペンを以って闘うのが我々の戦です。ここで刃を振るうのは、熊谷の陣屋での太刀に笑われます」

先ほどの演目に準《なぞら》えて、おっとりと田村が笑う。

「熊谷の息子への太刀に何か価値があるというなら、『熊谷陣屋』の存在意義を是非ともご教授願いたい」

田村の言い分は尤《もっと》もが過ぎて、大吾は憮然とせめてもの憎まれ口をきいた。あんなものには意味がなかっただろうに準えるとは愚かしいという、大吾なりの皮肉だ。

「何をおっしゃいますか、東堂先生ともあろうお方が。『熊谷陣屋』は、庶民の娯楽ですよ。我々がここで摑み合ってもどなたも楽しくはないでしょう」

ぐうの音も出ない軽やかな言葉に、大吾がすっかりやり込められる。

「ですから熊谷の太刀にも劣ると申し上げたのです」

穏やかに丁寧に説明を添えて、「また」と田村は優雅に去って行った。

「優男が……っ」

他に言える言葉もないのだろうと、その誹《そし》りは正祐も放置する。

やられっぱなしですねと言いかけて、正祐はなんとか大吾を逆上させる一言を呑み込んだ。

次の演目が始まると知らせが鳴って、何処からどう見ても頭に血が上っている大吾とともに桟敷席に戻る。

「次は高麗屋《こうらいや》三代の襲名口上ですね。なかなか観られるものではありません」

なんとか大吾を宥めたいと、この桟敷席では最も適切と思われることを正祐は言った。

「楽しみか」

尋ねられて、僅かに笑って小さく頷く。

だが訊いた大吾は、あまり嬉しそうな顔をしなかった。気勢は完全に落ちたものの、何か寂しそうな顔にも見える。

二つ目の演目は短いものと決まっているのか、立派な口上は比較的早く終わった。

休憩時間に席を離れるとまた田村にあってひと悶着《もんちゃく》あってはと正祐が案じ、高麗屋について知る限りを述べているうちに最後の演目の幕が開いた。

最後はかなり一般的だと思われる、「仮名手本忠臣蔵《かなでほんちゅうしんぐら》」だった。これなら正祐も、なんとか話がわかる。奇数日と偶数日で遊女お軽《かる》と寺岡平右衛門《てらおかへいえもん》は役者が変わると書いてあり、今日は坂東玉三郎《ばんどうたまさぶろう》と片岡仁左衛門《かたおかにざえもん》の出演日だったと歌舞伎座に来て初めて正祐は知った。

「忠臣蔵でしたね」

終わって席を離れて、田村と再会する前に一刻も早く歌舞伎座を出たいと急ぎながら、正祐が感想を述べる。

何故だか大吾は返事をせず、複雑そうな顔で正祐を見ていた。

その複雑そうな顔はさっき正祐に、「楽しみか」と訊いたときと同じに何か少し寂しそうだ。

「おまえ、俺があの男とまた出くわすのを避けたいんだろう」

さっさと地下鉄に乗せようとする正祐に気づいて、複雑な寂しそうな顔とは変わって、大吾は盛大に不貞腐《ふてくさ》れた。

「……なんと申しましたらいいのかわかりませんが。切れ味のいい論評とは全く違って、当たりの柔らかい人物でしたね」

文章と人はこうも違うものかと、そこには正祐は大いに驚いた。

「書いてるものと人物があそこまで違うのは信用できん」

正祐に連れられるまま地下鉄の改札を抜けて、大吾は逆のことを思ったと言う。

「そうかもしれませんが……評論は感情ではなくお仕事だということなのではないですか？

私はむしろ、感情的に評論なさっているのではないという誠実さを感じました」

散々な酷評は東堂大吾への個人的な感情を一切排除して書かれたものだと見えて、それはそれで随分な能力だと正祐は感心していた。

「……なるほど」

仏頂面のままだが一理あると思ったのか、大吾が黙り込む。

そしてホームに立ってふと、じっと正祐を見つめた。

「どうしました」

「鳥八《とりはち》で知らずに隣で呑んでた時は想像もしなかったが、いざ知ってみたらおまえは隣で呑んでいるときも俺の校正者として文字の中に在るときも完全に一致していた」

「あなたもですよ」

東堂大吾の書を正祐は先に知っていたが、初手から大喧嘩になっても全く違和感はなかったと笑う。

「その方がいい」

ぶっきら棒に言って、大吾がやっと口の端を上げた。

「歌舞伎は」

言い掛けて、どうだったとまで大吾は尋ねない。

「おまえはこういうものがもともと苦手だと言っていたのにな。誘って悪かった」

何かの付き合いでもなく本当にデートに誘ってくれただけだったのかと、正祐は今更ながらにその事実を知ってどうしたらいいのかわからなくなった。

「あなたが言うところの最初のデートは、そういえば映画でしたね」

自分と違って大吾は存外そういう芸能を避けるわけではなかったと、それも今思い出す。

「ああ。本当は銀座でメシでも食おうかと思ったが」

そこまで大吾が言ったところに、轟音を立てて地下鉄が入ってきた。

「いつも通りがいいな」

鳥八で食べて帰ろうと、電車の中で大吾が呟く。

西荻窪ではない場所に二人で出かけたいと言ったのは、正祐だった。実はそのとき正祐にははっきりと目的地があって、そこに大吾と行きたかったのに言い出せなかったので、大吾はこのデートを考えてくれたのだろう。

急なことだったのに襲名披露《しゅうめいひろう》のある公演の桟敷席は、値段が張るだけではなく何処に融通してもらうのも苦労したかもしれない。

普段歩かない銀座で食事をして歌舞伎の話をしようと大吾はきっと計画していたのに、自分が地下鉄に押し込んでしまった。

隣に立っている余所行きのジャケットを着た大吾の顔が見られなくなって、正祐は混雑に手を借りて俯いた。

せっかく大がかりなデートを考えてくれたのに、情人をがっかりさせてしまった。

しかもこれがデートだと気づいたのはこの地下鉄に乗ってからだと、己の気の利かなさに正祐が俯く。

けれど論客《ろんかく》田村は大吾と違って失うものがないので、どう考えても勝てる想像がなかった。

だから正祐は大吾を地下に慌てて連れて行ったのだが、それは無様なところが見たくないからではない。

「馬に乗らないで欲しいというのは、私のわがままなのに……」

大きな男の子は今日も食事の後、それぞれの閨《ねや》に帰ろうと言うに違いなかった。

「なんでまた馬なんだ」

独り言をしっかり聞き取って、大吾が問う。

「馬については」

この間も馬に喩《たと》えたことをきちんと覚えている律義さに、正祐はなんとか笑った。

「少し考えさせてください」

「なんなんだよ」

わけのわからない正祐の言葉に、大吾も笑う。

笑顔が見られたことだけに安堵して、正祐は地下鉄が揺れるのに任せて大吾の胸に寄り添った。

歌舞伎を見た翌々日の金曜日、寒空の下を正祐《まさすけ》はまさにとぼとぼといった足取りで歩いていた。

ほんの少しだけ日が長くなってなんとか夕暮れが残っていたが、夜はもう目の前だ。

「どうした。後ろ姿から気落ちしてるぞ」

僅かに後に仕事を終えた篠田《しのだ》の足は速く、駅方面に向かう途中で正祐は追いつかれて肩を叩かれた。

「篠田さん。お疲れさまです」

「今日は鳥八《とりはち》か」

正祐の家は庚申社《こうしんしゃ》と同じ松庵《しょうあん》にあり、こうして住宅街を通って駅に向かうということは十中八九鳥八でしかも大吾《だいご》と待ち合わせているのだと、篠田も承知している。

一昨日会ったばかりだが、百田《ももた》が仕込んだ鰆《さわら》の西京漬《さいきょうづ》けが金曜日には食べ頃だと言ったので、「ならば明後日も」とごく普通に大吾と約束してそれぞれの家に帰った。

「何か歌舞伎ものが来たのか？　校正室でも読んでたな」

歩きながらも正祐が手に分厚い「歌舞伎名演目」を持っているのに、隣を歩いて篠田が問う。

「は……つい、手に持ったまま」

慌てて正祐は、本を鞄に仕舞い込んだ。

「そうではないのですが、私はなんでも文字情報から入る習慣で」

「俺もだよ」

「篠田さんもですか」

あまり同意されることがないので、沈み込んでいた正祐の声が少し晴れる。

「立体的なものでも、一旦文字で情報を入れてからの方が理解が早い。一般的にはそうでもないらしいな」

「そのようですね。私はシェイクスピアもほとんど観たことがなく、戯曲を読んでそれで理解したつもりでいます。けれど戯曲は舞台を観て理解するものだと」

「誰かに言われたのか？」

その解釈は戯曲を読むに留めようとしていた正祐が一人で出せるものではないだろうと、篠田は苦笑した。

「……家族にです。特に姉には厳しくののしら……いえ、躾《しつ》けられて。読んでいないで観なさいと、シェイクスピアは何度か連れていかれて観ました」

「戯曲と違ったか」

「もちろん舞台の方が情報が多いです。台詞《セリフ》と一緒に、ト書き部分は目から絵として入ってきますから」

それ以上の感想は出て来ず、本当に己は観劇に向いていないと思い知るばかりだ。

「実は、先日歌舞伎にお誘いいただいたんです。先生に」

なんでも篠田に相談するというよりは、正祐には実のところ相談できる他人がこの世に篠田しか存在しない。

「おお……それはまた。先生なら桟敷席《さじき》か」

この世に相談相手がいないのは篠田も知っていて、重く受け止めつつもなんでも軽く返してくれた。篠田はどんなことも、意味なく深刻さを増幅させたりしない。

だから篠田が深刻に語ったときは相当なことだと、正祐は学習していた。

「はい。とても高額のようでした。私には勿体ないです」

「後学のためにということか?」

何か歌舞伎に関わる作品を書かれるのかと暗に、篠田が尋ねる。

これから書く物語に関わるのかとは、たとえ同僚の校正者同士であろうと言葉にするわけにはいかない。告知解禁前どころか、今ゼロから生み出される小説のことを第三者が語らうのはご法度《はっと》だ。

「それが」

そうではなくどうやらデートだったらしいとは、正祐も言いにくい。

「なんというか、ただお誘いくださったようなんですが……その日もあまり、私は感想らしい感想も言えずに」

鳥八でも桟敷席で観た歌舞伎の話は弾まず、大吾は何故なのかあからさまに不機嫌になったりはしなかったが、少し萎《しお》れて見えた。

「今日、お目に掛かるので」

ただでさえ瑤子《ようこ》にこてんぱんにされた後男の沽券《こけん》とともに弱っている大吾を、ますます雄として弱らせてしまったことは、情人として反省したし落ち込みもした。

「それで歌舞伎の話題をするために勉強してたと」

なるほどと篠田が、肩を竦める。

「はい」

「つまんなかったんだろ？」

隣を歩きながらあっさりと本心を語られて、正祐は思わず立ち止まって正祐なりに篠田を凝視した。

「やめてくれる？　そのギョッと音がしそうな反応……。おまえの顔見たらつまんなかったのはわかるし、先生だってわかっただろうと思うぞ。おまえは表情が読み取りやすいわけじゃないんだが、なんていうか」

付き合って立ち止まって、篠田が懸命に言葉を選んでくれる。

「率直に言って、興味のないものへの冷淡な態度が露骨に出るからな……」

だがどんなに頑張って選んでも、それ以上やさしい言い方が見つからなかったというのがまた正祐には衝撃だった。

「まさかそんな」

表情はどの方面にも豊かなつもりはないと、正祐が首を振る。

「自覚しといた方がいいぞ。そもそも苦手だろう、芸能は。お断りできなかったのか」

自分を知っておいた方がいいと篠田が、言いたくはなかったとため息を吐いた。

「その方が親切でしたね。チケットのお値段を見てそう思いました。私には無駄です」

言われた通り、誘われた時点で断った方がよかったと正祐も今更後悔する。

「まあしかし、それも難しいよなあ」

ゆっくり駅へ歩き出しながら、篠田は曖昧《あいまい》に呟いた。

「どれがですか?」

難しいことは難しいがと思いながら、歌舞伎の感想をどう言ったらいいかで一日悩んでいた正祐が、篠田の今日の眼鏡の蔓《つる》がきれいな青褐色だと初めて気づく。

「誘われて、『自分興味ないんで』って言われても嬉しかないだろうし。言い方を選んでみても、そこは同じだろうしな。誘った時点では相手が喜ぶことを期待してるものだろう?　普通は」

「それはその通りだと思います……」

篠田の言い分が正祐の中にすっと入ってきたのは、正祐が大吾と行きたい場所があるのに言い出せずにいる理由が、情人は興味がないのではないかという懸念があるからだ。

「はっきり興味がないと言って欲しい時もあれば、死ぬまで言わないで欲しいこともあるだろうし」

「人によりますかね？」

だとしたら大吾はどっちだろうかと考えながら、正祐が篠田に尋ねる。

「同じことでも、同じ人間なのに反応が変わることもあるよ。ただ腹が減っていたとか虫の居所が悪かったとか、丁度さっき転んだとか天気が悪いとかいいとかそんなことで」

「……！　そんなことまで考えながら人にものを言ったり問うたりするのは、難易度が高すぎます!!」

自分には最早何もかもが無理だと、そもそも対人関係が全方位に希薄な正祐は音《ね》を上げて更に悲鳴を上げた。

「おまえにはそうだろうな。でも、おまえだけじゃなくて誰にでもそういうものだよ。他人と向き合うのは全く簡単じゃない。夫婦だったら、もっとこの難しさがわかりやすいんじゃないのか？　、この間の土曜日は刺身で喜んだ旦那が、今週の土曜日には怒り出してたいした理由がなかったりして夫婦喧嘩、みたいなこともざらにあるだろ」

「この世の理不尽を詰め込んだような話です」

「よくあることらしいぞ」

独身者なので自分たちにはよくわからない伝聞だと、篠田が言い添える。

「……どうしてそんな簡単じゃないことを、人はしなくてはならないんでしょうか」

そんな、の先に正祐にはあまりにも膨大な「こと」があった。

人と関わること、人にものを問うこと、人にものを言うこと、応えること。全てが正祐には難攻不落の小田原城《おだわら》より頑なに難しく思えた。

「それは難しくいえば、人間社会に属しているからだろうけど。集団の中で生きてるからな。特に日本人は集団性が強いと言われているし」

そんなことを言われても、正祐は自分も含めて個人主義の人間との縁が多く、集団性を重んじている人物に心当たりがない。

だから篠田の言っていることは文脈としては解読したものの、納得できてはいなかった。

「シンプルに考えたらどうだ？」

言葉を発した当の篠田も、どうやら言ったようには思っていない。

「相手を傷つけたくないとか」

今篠田が言ったことはよく聴こえて、正祐は続きを待った。

「自分にもう少しやさしくして欲しいとか」

それは言うのは難しいけれど、本当は大吾に心の奥底で時々求めていることだと初めて気づく。

気づいて正祐は、酷《ひど》く恥ずかしくなって俯いた。

あんなにも豪胆で傲慢な男に、自分が「もう少しやさしくして欲しい」などという望みを抱いていることを、しかも己にさえ押し隠していたのはただただ恥ずかしいばかりだ。

けれど確かに、自分の中にはそんな願いがそっと在る。

「お互いの欲するところが一致したらいいのに、とか。そんな感じで考えてみたらどうだ」

さっきの「人間社会」よりはずっと腑《ふ》に落ちたけれど、腑に落ちたときには正祐は話を見失っていた。

なんの話をしていたのか真剣に考えて、思い出す。

「……そういう瞬間があるのはでも、奇跡かもしれませんね」

いずれにしろ正祐にはとても難しいことだった。

「一致したらいいのにと思いながら、別に完全一致なんか滅多にするもんじゃないぞ。そういうもんだと思ってたらいいんじゃないのか？」

言われたら、大吾相手でなくとも人と人の欲するところが完全一致することはないのが普通だとは、正祐にも想像できる。

「東堂《とうどう》先生は強引な人だが聡《さと》いことは聡いから、おまえのその有様をみたらもう歌舞伎には誘わないだろうけど」

つまらなかったと言っておくのも今後のためだとまでは篠田は言わなかったが、それは正祐にも考えられた。

「歌舞伎は……就学年齢になって、家族と一度行った記憶があるのですが。もしかしたら一昨日の歌舞伎が、私の人生最後の歌舞伎かもしれませんね」

「そこまで大袈裟《おおげさ》に言ってやらなくてもいいだろう！」

篠田は大きく笑ったが、ふと考え込むようにして「でもそうかもな」と正祐を見る。

「一昨日か。半休まで取って、そんな暗い顔で読本摑んで歩くんじゃ本当に生涯最後の歌舞伎かもな。それを先生に言ったら感動するんじゃないか？」

「言い方次第の気がしますが、多分間違える気がします私は……」

「すまん。言ってから俺もそう思った……」

あなたと観た歌舞伎が私の生涯で最後の歌舞伎ですと、今後二度と歌舞伎を観ることはありませんでは、かなり意味合いが違ってくるだろうが、正祐が大吾に伝え間違える予感しか二人にはなかった。

「半休取るなら、昼に鷗外《おうがい》記念館に行ってから行ったらよかったじゃないか」

まだ行っていないことは知っていて、梯子《はしご》できただろうと篠田が言う。

「私にはその二つは一日に多過ぎますよ」

「それはそうだな。すまん言っておいてなんだが、想像してみたら俺にも多い」

「篠田さんにもそうだと伺うと、安心します」

「当たり前だよ。鷗外の書簡集と歌舞伎の梯子は、言った俺が間違いだった」

あまりにも情報過多だと、二人して笑った。

「……今週末で書簡展示が終わりなので、週末に行きます」

一人でと言おうかどうしようか悩んで、曖昧に正祐が言葉を切る。

「そんなに鷗外が好きなのか？」

それにしてもその特別展示を随分気にしていると、篠田は正祐に訊いた。

「あの時代の文豪の中では、芥川龍之介《あくたがわりゅうのすけ》に次いで好きです」

「へえ。なんで？」

気軽に尋ねられて、これは最近思ったことだと正祐が気づく。

日本文学は祖父の家にあった、日本文学全集をあ行から読み始めた。芥川龍之介に衝撃を覚えて、子どもには有島武郎《ありしまたけお》はよくわからなかった。泉鏡花《いずみきょうか》、小林多喜二《こばやしたきじ》、太宰治《だざいおさむ》と夢中になって読み進めて、森鷗外にたどり着く手前には宮沢賢治《みやざわけんじ》がいた。

宮沢賢治は聖書のようなもので、正祐は別に考えている。そのくらい感銘を受けた。

そのせいもあって森鷗外は、初読は普通に名作で文豪だという感想だった。高校の教科書で再読して、美文だと思い知った。

「去年、全集を再読したんです。相変わらず『舞姫』は腹立たしいばかりでしたが」

何故鷗外熱が上がったのか考え込んで、そうだった去年の夏に全集を再読したと思い出す。

——うっかり森鷗外全集の再読を始めてしまってな。

きっかけは、マスコミに追われたトップアイドルである弟の光希《こうき》を匿《かくま》っているときに部屋に通ってきていた大吾と、鷗外の話をしたからだった。

——あなたと鷗外は、半分程度しか気が合わないように思います。ロマン派ですし。

再読していると言った大吾に、「意外です」と正祐は言った。

——おまえは俺をよくわかっているな。まさに半分程度だ。

逆に自分のことをよく知っているという自信に満ちた大吾のしたり顔は憎らしかったが、変に幸いだったとも覚えている。

——だが高踏派《こうとうは》としては悪くない。まあ、派閥なんざ正直どうでもいいが。若い頃にやたらと他者と衝突するのが当時の文学者の常だが、その在り方も共感はともかく真っ当だと俺は思うし。権力への執着は俺にもある。作品はおまえの言う通り半分程度しか飲み込めないが、その半分が硬質で情感豊かだ。安定感がいい。自殺していないのも大きいな。

半分程度鷗外と合うと言った大吾はその理由の最後に、「自殺していないことが大きい」と付け加えた。

そのことを正祐はとても頼もしく思って、自分も再読して鷗外の文章に耽溺《たんでき》した。だから今正祐の中では、鷗外がとても強い。

「たまに読みたくなるな、『舞姫』は。なんていうか、そのときの自分を測る定規みたいなものだと思って読んでる」

「私もです。何をどのくらい知ったかという目安になりますね」

「そうそう。そしていつでも豊太郎《とよたろう》には腹が立ち、エリスには同情したり愚かだと思ったり色々だ。小説としては『高瀬舟』が好きだな、俺は」

豊太郎に共感して「舞姫」を読むわけではないと二人は一致して、駅が見えた頃篠田は「高瀬舟」と言った。

「私もです！」

さっきと同じ言葉を繰り返しているが、正祐の声が高くなる。

「兄は楽になって、本当にあの瞬間舟の上が人生で初めての幸せなんだと。なんて残酷な話だと思ったが」

「え⁉　篠田さんはそう思われるんですか？」

その感想に驚いて、同意したのも束の間正祐はまた声を大きくした。

「おまえはどう思うんだ」

「私は……ずっと病に苦しんでいた弟を楽にしてやれたので、それで幸いなのだと」

「そうか。おまえ弟いるもんな、あのやんちゃの塊みたいな」

望みもしないのに「和志《かずし》へ」と名前の入ったサインを贈られたことのある篠田が、体は大きいが子どもっぽいのだろう正祐の弟光希を思って笑う。

「そうですね。自分が兄の立場になって読んだので、刃を引いてやるときはどれだけ辛かっただろうと泣いて。けれどもうこれで辛い思いもさせずに済むと舟の上にいました」

「なるほど」

可愛い弟がいるとそういう感想になるなと、篠田は正祐の言葉に納得して頷いた。

「俺は弟はいないんだが、それでかな。兄はどんなに弟には愛情があっても重荷だったろうし、何もない人生にしかも初めて二百文を持たされて。それで晴れ晴れとした気持ちになるという、兄弟の置かれていた境遇がどれだけ痛ましいかという残酷な話だと思ったよ」

「……もう一度、読んでみます」

言われれば舟の上の兄はあまりにも心が晴れ渡り過ぎていて、篠田の言う解釈も齟齬《そご》がないように感じられる。弟がいたことで読み方がまた変わったのだと知って、正祐はただ驚いた。

「書物の解釈に、正解なんかないぞ。一応言っとくけど。世に出されたら、それは全て読んだ人間一人一人のものだ。どんな解釈も自由だし、本当だよ」

「それは心得ているつもりでしたが」

「ぶつけ合うのも楽しいがな、たまにならな。半年……いや一年に一度でも充分だ。ピータンと

「紹興酒《しょうこうしゅ》は必須だな」

夏目漱石《なつめそうせき》を巡って中華を囲んだ日のことを言って、篠田が笑う。

正祐と大吾には書の解釈はぶつけ合うのが日常だし、大吾は自分の本の解釈でさえも論客《ろんかく》が現れれば果敢に立ち向かう。

「何故人の解釈を放っておけないのでしょうね？」

その根本的な疑問を、初めて正祐は持った。

「それは、大きく言ったら一致させたいという願望なんじゃないのか。良くも悪くも。良ければそれは同じ価値観を共有したいという愛情だろうし」

「悪ければなんでしょう」

どちらかというと大吾は悪い時も多いと思い、正祐が尋ねる。

「世界征服だろう」

どうにもならない答えが篠田の口から返って、それは正祐は笑うしかなかった。

「このようにだな。あんなわかりやすいような短い『高瀬舟』でさえ、それぞれ解釈が分かれるのに」

鳥八の手前で、いつでも主題を見失わない篠田がきちんと元の話に戻ってくれる。

「言わないで伝わることなんか、ほとんどないんじゃないか？」

じゃあなと軽く言って、手を振ると篠田は駅の中に消えた。

さっき、もう少しやさしくして欲しいという気持ちを隠している自分を、正祐は初めて知った。そんな思いは自分でも知らないくらいだから、もちろん今後とも大吾に言えるかどうかは今は想像もつかない。

だがそんなに難しいことの手前にあることもまだ一度も言葉にしていないし、その上一生懸命嘘を言おうとしていたと、正祐は知った。

桟敷席の値段を、歌舞伎座の中で見た。誰かに頼んだのか当日窓口で大吾はチケットを受け取っていたが、きちんと支払ったことにも正祐は気づいた。自分もと言ったら、「誘ったのは俺だ」と支払いは断られた。

そのほんの数日前に、二人で出かけたいと言ったのは正祐だった。

だから、せっかく大吾が用意してくれた歌舞伎の桟敷席を楽しめなかったなどと絶対に言えないと、演目について語ろうと一生懸命昨日から歌舞伎の読本を読んでいた。

そうして歌舞伎を楽しんだと語ったらそれは嘘でしかなく、正祐は今まで大吾におもしろいと思えなかったものについておもしろかったという嘘をただの一度も吐いたことがない。それは二人ともが侵さずにいた、大切な聖域のようなものだ。

自分の持つ感性で受け取った感覚を偽らないという約束だけは、言葉にしなくともしっかりとある。

大吾と正祐の間には。

「こんばんは」

鳥八の暖簾《のれん》を、落ち着いた気持ちで正祐は潜った。

「はいいらっしゃい。鯖開けたよ」

漬けた壺を、百田が指さす。

「遅かったな」

懸命にお膳立てしたデートを情人が楽しまなかったことをすっかり見抜いているのに、大吾は理不尽な不機嫌さをその日も見せなかった。

約束を大吾は、しっかりと守ってくれている。

頼もしく心強く、大吾はただ大人の男に見えた。真摯《しんし》で、自分の愛する人で。

「篠田さんと一緒になりまして、話しながら歩いてきました」

それでいつもより少し遅くなったと、正直に正祐は打ち明けた。

「あの男と話すのは楽しい」

「ええ」

正直さで向き合うことを望む大吾に、今日初めてつまらない嘘を与えてしまう手前で篠田と話せて、本当によかったと正祐は心から感謝した。

「生一つ、お願いします」

先に大吾が生ビールを半分進めているのに笑って注文すると、程なくきれいな白い泡の立った生ビールがカウンターに置かれた。

「おつかれさん」

「お疲れさまです」

グラスを合わせて一口ビールを呑んでから、正祐は鞄を開けた。

ここのところずっと持ち歩いていた森鷗外記念館書簡集特別展示の案内を、カウンターに出して大吾に見せる。

「よかったらご一緒しませんか。この週末で終わってしまうんです」

しばらく大吾は、その案内を眺めていた。

「ああ。おまえ、この話をしてたな。この間」

幸田露伴《こうだろはん》のと、大吾が苦い顔をする。

「五重塔」に話が逸れて、書評に戻った日のことだと、大吾はちゃんと覚えていた。

「気づいてやれなくてすまなかったなどと言わんぞ、俺は」

憮然とした顔で、大吾がむしろ苦情を告げる。

「行きたいのなら最初からそう言え」

そのとき自分が書評と瑤子の件で頭に血が上っていたことくらい大吾自身覚えていたが、それでも今後は言えと、正祐に言いつけた。

「行きたいんです」

だから今言ったのだと、正祐がもう一度告げる。

「俺も行きたい」

苦笑して大吾は、あっさりと言った。

——言わないで伝わることなんか、ほとんどないんじゃないか?

言われた通りだと、正祐が思い知って笑う。

随分回り道をしてしまったけれど、つまらない寄り道だったとは思わなかった。どの寄り道も正祐には、経験がない。一つ一つ寄り道も寄ってみて経験しなければ、覚えられることではない。

これぱかりは文字からは学べない。この男と向き合って、ともに生きていくということだけは。

他の人と生きるということは、正祐には初めての、大切な時なのだから。

「……よかったです」

楽しみの鰆は後でまずは山菜をと、百田がうるいのお浸《ひた》しを置いてくれるのに、正祐は箸を取って微笑《ほほえ》んだ。

世間では建国記念日を交えた二月の連休だったが、千駄木《せんだぎ》はそんなに混みあっていなかった。ましてや駅から坂を上がったところにある森鷗外《もりおうがい》記念館には、それほど人はいない。

正祐《まさすけ》と大吾《だいご》は入り口だけ一緒に入って、最後は館内にあるモリキネカフェでと約束して別れ、それぞれ存分に展示物を観た。

どんな文学館でも博物館でも美術館でも、好きであるほど自分のペースで観たいのは普通のことだ。

だから入り口で別れて待ち合わせ場所を決めたのだけれど、興味の度合いが近いのか正祐は常に大吾が視界の何処《どこ》かにいるのを感じて、少しだけ気が散った。

そうして、文学館に誰かと来たい思ったことなど生まれてこの方ただの一度もなかったとも、初めて知る。

「観潮楼《かんちょうろう》跡か」

鷗外は最晩年の三十年をこの場所で暮らし屋敷は観潮楼と呼ばれていて、約束のモリキネカフェでガラス越しに二月の沙羅《さら》の木を見つめながら大吾が呟いた。

「そう思うと、味気ない建物にはなりましたね」

大吾の声にはがっかりした響きがあって、小声で正祐もそこは同意だと言ってコーヒーカップを手に取る。

「だが、死んで人手に渡って戦争があって空襲に遭って。何か残り香があったらその方が作りごとのようかもしれんな」

森鷗外記念館が極めて近代的な建物であったことを残念に思っていた大吾が、ふと「亡くなってぼちぼち百年になるか」と得心したように呟いた。

「言われれば、それもそうですね。鷗外は漱石《そうせき》と違って触れた欧州文化も受け入れましたから、現代に生きていたらこのような家を建てたのではないでしょうか」

「そこはリアルだな。鷗外の気持ちになって二十一世紀にこの記念館を建てたと言われると、納得がいく」

なるほどと大吾が、満足そうにコーヒーを飲んだ。

「小倉《こくら》の松本清張《まつもとせいちょう》記念館に行ったことはあるか？」

不意に、大吾が全く違う近代の作家の名前を口にする。

だがここで松本清張を連想するのは、ごく当たり前の道理だ。

「いいえ。小倉自体行ったことがありません。でも鷗外は小倉に暮らしていて、松本清張は鷗外についていくつか言及していますね」

「清張記念館はいい。興味があったらいつか行こう。清張は鷗外については言及しているなどというものではない」

松本清張については一家言あるといった風情《ふぜい》で、大吾は語り出した。

「松本清張が鷗外の小倉時代の日記が出てくる前に、それを探した青年の儚《はかな》い人生を描いた『或る「小倉日記」伝』は芥川賞受賞作品だ。『両像・森鷗外』や未完の『削除の復元』も鷗外のことを書いている。鷗外の『阿部一族』はただの引用文だと否定的にも評しているが」

清張記念館に是非一緒に行きたいですと正祐が言う間もなく、大吾が清張の絶筆まで話を進める。

これは言わなくとも、時が来ればいつかともに小倉を歩くような気がして、正祐は焦らなかったけれど。

「惹かれて、囚われていたんだろうな」

「小倉に居た鷗外には、想像もつかなかった死後でしょうね」

「当たり前だ」

正祐の相槌に、大吾が笑った。

土地と鷗外への固執《こしつ》に絡めて清張の名前を出され、近現代の作家には弱い正祐だったが、大吾と清張はジャンルは違ってもまっすぐ繋がっていると今更気づく。

その清張が拘《こだわ》った鷗外全集を去年の夏に正祐が再読したのは、大吾が「半分ほど」鷗外と通じていると思ったからだ。

「文学館は好きか」

「はい」

尋ねられて、誘ったのは自分なのにと正祐が笑う。

「俺もだ。だがおまえと出会ってぼちぼち三年か。一緒に来たのは初めてだな」

「あの」

不思議そうに呟かれて、全面がガラスの窓から二月の淡い光がよく入るカフェで、正祐は思い切って口を開いた。

「私は誰かとこういうところに来たいと思ったのは、初めてです。祖父の生前は、鎌倉文学館や博物館、美術館に連れて行っていただきましたが」

他人と来たのも、来たいと思ったのも初めてだと、正祐は大吾に打ち明けた。

「実のところ俺も」

同じだと言おうとして、大吾が苦い顔をする。

「いや、すまん嘘を言いそうになった。瑤子《ようこ》とはよくこういう場所に行った。……それも嘘だ。瑤子に連れられて行って、入り口で放り出された。帰りも別々のことも多かったぞ」

「デートなのにですか？」

一回り以上年上の、年下の表現者を育てることを楽しんでいる冬嶺《ふゆみね》瑤子がいかにもしそうなことではあるが、恋人関係であったなら帰りはこうして待ち合わせて語らうものではないのかと正祐は目を丸くした。

「……昔の恋人の話をされるのは、苦じゃないのか」

話していいのかと、大吾が苦い顔のまま正祐に尋ねる。

「すみません。その件には興味があります……」

それは嫉妬も多少はあるけれど何故《なぜ》なのかは知りたいと、正祐は好奇心の方に従った。

「俺もあの頃は訳が分からなかったが、瑤子が既に視た展示だったり海外で行った美術館の展示の時だな。入り口でチケットを渡されて中に放り込まれて、その日はそれ切りということが何度かあった。俺はじいさんが死んで七、八年ぶりかで都会に戻って。そうした文化施設とは離れていたから」

学べと放り込まれたのだと今気づいたと、大吾が眉間に三角刀で刻んだのかと訊きたくなるような皺《しわ》を深める。

「あなたは言われたくないでしょうけれど」

「言うな」

「冬嶺先生には育てられたのです……もう闘おうなどと思われないでください。親同然です」

「他人の女だぞ！」

他人の女を親だと思う方がどうかしているという大吾の主張は健全で、これ以上は正祐も強く言えなくなった。

他人の女でなければ大吾は寝ないだろうし、親と思った女を恋人にもしないだろう。

「……理解しました」

「何がだ」

「女性は恐ろしいということをです」

大吾ほど自我の強い自尊心の強い男をいくら若いといっても、恋人であると同時に子どもを育てるように扱うなどと、それはとても正祐には想像のつく所業ではない。

自分の女に子育てをされていると思い知らされたのなら、大吾は百年でも千年でも何度でも立ち向かっていくだろう。

「勝てないのに……」

「なんと言った今おまえ！」

「文学館のカフェですよ。声を落としてください」

「店員しかいない」

大吾の言う通りモリキネカフェには、ガラスの向こうに沙羅の木と三人冗語の石を眺める以外には、他に客もいなかった。

「篠田《しのだ》さんのおっしゃっていた言葉を借りますが、私は鷗外とは女性の趣味が合わないように思います」

そこがまた大吾と鷗外の繋がっているところだと、正祐は言いたい。

「『舞姫』のせいか」

「いいえ。二番目の妻について、友人に書いた文があったではないですか。呆れました」

「いい年をして美術品のような妻を貰って……というやつだな。志《し》げ女のことか。だが志げは美女だが、なかなかの悪妻だったという話だぞ」

その呆れた話が何がどう「だが」なのか、正祐にはわからず顔を顰《しか》めた。

皆まで言葉にしないでいると、結局は思うところがお互い上手く繋がらないことも多い。

「美術品のように美しい十八歳年下で稀代《きたい》の悪妻というのは」

説明を求めるように睨む正祐に、大吾が致し方なく口を開いた。

「……理想の妻だろう」

嘘は吐けずに、その文を見た時に自分が思ったままを大吾が吐露してしまう。

「すみません。アイスコーヒーをください」

何か冷たいものを飲みたい、叶うならこの男の頭から掛けてやりたいと、正祐は手を挙げて注文した。

「確かに鷗外とあなたは通じています。高低差がとても激しいです」

ということは清張もそうなのだろうか。社会派であった作家のそんな一面など何一つ知りたくないと、正祐がため息を吐く。

「どうぞ」

アイスコーヒーはすぐに運ばれて来て、空いた正祐のコーヒーカップが運ばれて行った。

「でも、そうすると冬嶺先生はあなたには理想の中の理想の女性ではないのですか？」

美しく才長《た》けて、年上だから何もかもを学ばせてくれて、その上大吾にとっては瑤子はこの上ない悪女だろう。

だから鷗外とは女性の趣味が合わないと言いたかったのだと、正祐は少し不貞腐《ふてくさ》れた。

「おまえが嫉妬してくれるなら、俺はそれを悦ぶが。瑤子は俺には悪魔といっては悪魔にも悪いような悪だが、理想ではない」

「志げ女を理想の妻だと言っているのに、矛盾しています」

悪女と言われる女は男の才を伸ばしてくれるのが常で、だからこそそれを大吾も鷗外も理想と思う筈だと正祐が反論する。

「忘れたのか。俺が描く理想は鼠《ねずみ》の国と同じだ」

真顔で言われて、そういえばそうだった痛いところを突いてしまったと、正祐は反省しておとなしくアイスコーヒーを飲んだ。

若い才に気づき育て放題に育てた瑤子を大吾は愛したが、対等で同等の愛は、恐らくは与えられていないから離れたのだろう。

「鷗外は、志げ女より先に逝けて幸せだったのかもしれませんね」

当時としても鷗外は長生きをしたとは言えないが、そのまま十年二十年経てば、通例のように男はそうした女に捨てられたのかもしれない。

「何を言ってる。生きていれば志げ女と別れて、別の女と再再婚したかもしれないだろう」

「なかなかにそれも最低のあなたらしい想像です」

「俺のように瑤子に捨てられて、数年後おまえのような伴侶と出会えたかもしれないという話をしているのに最低とはなんだ」

美術品の次は幼女かと呆れ返った正祐に、思いもかけないことを淡々と大吾は教えた。

それは美術品のような志げ女と別れて、自分のような者と出会うことが幸いだという話なのかと、誰にでも理解できる文脈なのに敢《あ》えて尋ねたくなるのを堪える。

「……古《いにしえ》から悪妻とは夫の才を育てるものと相場が決まっていますが、今は人の寿命も延びましたからね」

「照れ隠しのつもりか。俺はそんな歳じゃないぞ」

照れ隠しのつもりのごまかしをきっちり理解されて、恥じて正祐は勢いアイスコーヒーを飲み干した。

「外に出るか」

立ち上がり、会計をしてまだ昼日中の千駄木に二人で出る。

しばらく二人は特にあてもなく、上ってきた元の坂を下った。

「……あ」

ふと、大吾が険しい声を聞かせる。

「見たぞ！　幸田露伴《こうだろはん》の言葉!!」

それぞれに館内を見ていた時に、常設展示の方の「鷗外漁史《ぎょし》とは誰《だれ》ぞ」の抜き出しを見たと大吾は言った。

「あれは全集に載っているではないですか」

大吾の言っている幸田露伴の言葉は、森鷗外全集にも載っている「鷗外漁史とは誰ぞ」の一文で、常設展示に在ることは正祐も今日初めて見て知った。

それは鷗外が新聞に書いた随筆であり、篠田とも語った散々に論戦を繰り広げたことを悔やむような文章だ。その中で鷗外は幸田露伴に、「君は好んで人と議論を闘わして、ほとんど百戦百勝という有様であるが、善《よ》く泅《およ》ぐものは水に溺《おぼ》れ、善く騎《の》るものは馬より墜《お》つる訣《わけ》で、早晩《か》一《いつ》の大議論家が出て、君をして一敗地に塗《まみ》れしむるであろう」と言われている。

「馬馬言っていたのは露伴の言葉だったんだな⁉」

「それはそうですけれど……」

要は露伴は鷗外に、「君は乗馬が上手いけれどたくさん馬に乗る者は落馬する確率がそれだけ高くなるよ。そんなに闘い続けていてはどんなに強くてもいつかは負けてしまうよ」と忠告しているのだ。

「あれが見せたかったのか⁉　そんなに俺に瑤子や評論家と闘って馬から落ちて欲しくないのか」

「馬から落ちて欲しくないのは本当です。そんなことは当たり前ではないですか」

愛する人に痛い思いをしてほしくないのは当たり前なのに、そんなことも大吾には伝わらない。

それに正祐は、露伴の言葉を見せたくて大吾と鷗外記念館に来たかったわけではなかった。

「言ったでしょう。私はこういったところに誰かと来たいと思ったのは初めてだと」

本当に何も伝わらないと、正祐がため息を吐く。

「ああ。それがどうした」

「去年の夏に、あなたが鷗外の全集を再読していらっしゃると伺って。半分ほどはあなたには合うようですがと申しましたら、あなたがその通りだとおっしゃいました」

「……やんちゃで小生意気なおまえの弟がいた時だったな」

ちゃんと覚えていて大吾は、その会話を反芻《はんすう》した。

「可愛い弟です。それで私も、半分はあなたのようだと思いながら鷗外全集をその後再読したので」

それを今打ち明けるのはとても癪《しゃく》だったが、何しろ言わないと本当に届かない大切なことが多すぎると、この瞬間にも思い知ったばかりだ。

「それで、あなたと一緒に来たかったんです。鷗外記念館に」

不貞腐れながらも素直に言った正祐を、驚いて大吾は見ている。

「文学館を一緒に見て、その後に文学者について語らいたいと思ったのもあなたが初めてです。

私には」

告白を繰り返した正祐を、大吾は愛おしそうに見つめた。

「……俺もだ」

静かにそう言って、頷く。

「嘘を吐かないでください！　あなたには冬嶺先生がいらっしゃったではないですか!!」

「瑤子といたときには全ての決定権を瑤子が持っていた。俺がどうしたいかなんて関係あるかあの女に！」

さっき聞いたばかりなのに嘘をと往来で声を大きくした正祐に、大吾は情けない故に説得力のある反論をした。

「俺が、一緒に見て一緒に話したいと思ったのは本当におまえが最初だ」

「理解しました。……嬉しいですよ」

素直に微笑《ほほえ》んで、また一緒に坂を下る。

「だが馬のことは、実際二度はおまえの口から聞いたぞ。あの書評が出てからこの数日の間に。自分の男が無様を晒《さら》すのが嫌なんだろうが」

「そうなんですが……いえ、それもありますが。馬から落ちたら痛いのではないかと心配で」

落ちないで欲しい理由はただそれだけだと、正祐は言った。

どんなに自分は心が鋼《はがね》だと大吾が言っても、あまり人から非難を受け続けたら鋼でさえも痛いものではないのかと、案じた。鎧《よろい》をつけた騎士も落馬して死ぬことはある。

「俺は痛くない」

「……私は、もうそれを覚えないといけませんね」

気負いなく言った大吾が痛くないかは本当のところはわからないが、鎧をまとわなくても自分とは違って常に騎士なのだと、正祐は小さく息を吐いた。

「あなたは私ではないです」

「そうだ。おまえも俺ではない」

当たり前だと呆れたりせずに、大吾が言葉をまっすぐ理解してくれる。

「一緒にいると、時々忘れてしまいます」

「それはよくないな」

大きな通りをなんとなく越えて、駅に向かわず二人はせっかくの千駄木を散策した。

「だが実は俺も時々忘れるようだ。歌舞伎は、おまえも喜ぶかと思った。悪かったな」

「いえ」

不意に歌舞伎のことを謝られて驚きながら、嘘を言わなくてよかったと正祐が息を吐く。

「お気持ちが嬉しいですよ」

「おまえが芸事が苦手だと最初から聞いていたのにな。長い時間疲れただろう」

歌舞伎座で終演後、あからさまに楽しまなかったことがわかっただろうに不当に機嫌を変えたりもせず、大吾はすまないと思っていたのだと正祐は知った。

「伺ってもいいですか？　私が出かけたいと言って、何故すぐに歌舞伎と決められたのですか？」

確かにあれは大吾が決めたデートだったが、早急に歌舞伎にした理由が謎だ。

「おまえが出かけたいと言って、二月大歌舞伎の奇数日に仁左衛門《にざえもん》が出ると知った。高麗屋《こうらいや》の襲名口上《しゅうめいこうじょう》が入っていたこともあって、チケットはもう完売していてな。それで慌てて、おまえに確認する前に出版社に奇数日の席があるか訊いて」

逆に出版社には招待用の高い桟敷席《さじき》しか用意がなかったんだと、大吾が苦笑する。

「……一昨年の冬に、おまえが初めて俺の原稿に誤字を見逃して。担当校正者を降りたいと言った」

言われて正祐は、抱き合った年の冬にまだ大吾と気持ちが確かめ合えず、初めて愛した人がわからなくて気持ちが落ちるままに、大切な原稿の「片岡仁左衛門」の「左」に人偏《にんべん》があるのを自分が見逃したとはっきりと思い出した。

「おまえとちゃんと情が通じたと思ったのはあの時だろ？　だから誘った」

言葉を分け合ってやっと心が通って、抱き合って眠った晩だ。

「……すみません。私はあの時のことは」

思い出したというよりずっと覚えていたが、覚えていた場所が違うと遠慮がちに口を開く。

「私を許そうとしながら、校正者としての信頼からあなたがきちんと咎《とが》めてくださったことを頼もしく覚えています」

「仁左衛門より、か」

「はい。そして翌朝にあなたが、私が名前をいただいた方について教えてくださったことも」

抱き合って目覚めて、生まれて初めて正祐は、祖父がつけてくれた金子《かねこ》みすゞの弟と同じ自分の名前が、きっとこんな思いでつけられたのだろうと知ることができた。

初めて愛した他人の男が、教えてくれた。

「違う人間だな。俺とおまえは」

同じように思い合った日だが、記憶の繋ぎ方が違うと大吾が笑う。

「ええ」

「でもこうして一緒にいる」

「不思議で、とても怖いことです」

「当たり前だ」

揺らがず言った大吾を、頼もしいだけでなくやはり強い故に闘うからこそ負ける日も多い男なのだと、正祐はそのことはあきらめた。

「あなたは私ではなく物語でもなく、ままならないものですね。好きなだけ馬から落ちてください」

「ああ」

「死なないでくだされればそれでいいです」

「そんなに馬から落ちるつもりはない！」

好きで負けているわけではないし、次こそは負けるつもりはないと、そこも大吾は変わらぬままだ。

「……大きな男の子ですね」

「やめろその菩薩《ぼさつ》のような顔をするのは」

慈愛で正祐が見つめたのに、大吾が苦笑する。

「根津《ねづ》が近いな。神社にでも行くか」

菩薩で連想したのか、大吾は正祐を誘った。

「いいですね」

行きたい場所が一致して笑う正祐の手を、ふと大吾が取る。

「ああ、すまん無意識に」

驚いた正祐の振動が伝わって、大吾は謝って手を放した。

外で人目もあるのに手を取られて確かに正祐は驚いたが、大吾が思ったような感情では多分ない。

「驚いただけです」

言わないと伝わらないと覚えたので、正祐は大吾に笑った。

「そうか。だが外だったな」

考えなしだったと反省して、大吾が歩き出す。

無意識に、連れとして、伴侶として手を取られた気がして、言葉の通り正祐は驚いたけれど嬉しかった。

一緒に出掛けてもお互い思うようにもならずままならないが、想像よりもずっと幸いなこともこうしてある。

「どうした?」

想像より幸いなのは自分には少し多いと半歩後ろを歩いていた正祐を、案じたように大吾が振り返った。

「私」

それを尋ねてくれる者も、尋ねて欲しい人も正祐には他にはいない。

「あなたのその言葉が好きです」

まっすぐに言った正祐の手を、さっき反省したのにまた、大吾は取った。

「帰ろう」

「どうしました」

「……閨《ねや》に入りたい」

まだ日が高いのに大吾は、このまま抱き合いたいと言う。

「何故《なにゆえ》なのかは存じませんが……男の子は自尊心を取り戻されたのですね。それは」

何よりなのかなんなのかわからないが、自分の愛情を知って取り戻したのならそれはよかったと、正祐は苦笑した。

「そういえば母が、私には男の子らしいところを見つけられなくて心配したと申しておりました」

駅に向かう大吾に抗《あらが》わず、ふと思い出した母の言葉を反芻《はんすう》する。

「へえ。さもありなんな気もするが」

帰宅に気が急《せ》きながらも、大吾はちゃんと話を聞いて想像に難くないと肩を竦めた。

「こういうところでしょうね」

「どういうところだ」

「私は自尊心など取り戻さなくても」

好きな人と抱き合うのに、何故自尊心が必要なのか正祐には実のところさっぱりわからない。

「あなたとだけは閨をともにします」

愛情以外必要なものがあるのは大吾が母の言うところの馬鹿な男だからかと、呆れながら正祐は自分の気持ちを打ち明けた。

「時々ですよ」

何も答えないが大吾が酷《ひど》く満足したことがわかって、言い添える。

「気分をよくなさらないでください……」

浮かれた気持ちが指から伝わってきて、言わなければよかったと正祐は後悔した。

だが雄々しい目をして思うところあればまた馬に乗るのだろう男の横顔を見て、この人は自分のものではないし自分でもないが、自分の男ではあると知ってため息が出る。

「あなたが馬から落ちたら、私が痛いとくらいは覚えていてくださったらありがたいです」

せめてそれくらいはと正祐が言うと、立ち止まって大吾は正祐を見た。

「なるほど」

理解したと、少しやさしい目をする。

「おまえに痛い思いはさせたくないな」

独り言のように呟いて大吾が歩き出すのに、正祐は隣に並んだ。

言葉にするとこうしていつか伝わることもあれば、何も伝わらずに焦《じ》れる日もまたきっとたくさん巡ってくるのだろう。

自分ではない他の人とともに在ることを望んだのだから、それはどうにも仕方がない。

それでも愛することが過酷だと、正祐は思わなかった。やさしいだけだとも、思えはしないけれど。

この男と並んで歩くことは焦れる日にもやさしい日にもただ幸いで、それを自分の愛だと、正祐はまた一つ新しいことを覚えた。

あとがき

AFTERWORD

―菅野 彰―


私は歌舞伎は好きです。「小説ウィングス」にて「非常灯は消灯中」という観劇エッセイをやらせていただいているくらいなので、観劇はとても好きです。

でも好きじゃなかったら歌舞伎は長くて相当しんどいだろうなあ、それはもう私には想像もつかないほど。と、正祐《まさすけ》については思いながら書きました。人は色々だよね。

四冊目です。私はこの「多情」と「デート」がすごく好きなので、みなさまにも気に入っていただけるといいな。このシリーズは巡礼してくださる方がいらっしゃるので一応の注釈。二月大歌舞伎の演目は2018年のリアルですが、鷗外記念館《おうがい》の特別展示は私の創作です。バラしますが担当の石川さんは結構大吾《だいご》にプンスカしてます。でもそれは多くの女性が思うことではないでしょうかね。私は大吾のような男は好きなんですが、じゃあ隣にいたらどうなるかと考えると素手で殺し合いだと思うので、私にとっては大吾がネズミの国です。

それでも私は「多情」を書き上げた時に、

「こんなに攻が情けない話大丈夫なんだろうか……」

と一抹どころではない不安が過《よぎ》りましたが、石川さんがかなり満足してくださったのでこれでいいのだ！　と……思うけどいかがだったでしょうか⁉

今回は太宰《だざい》の「トカトントン」を少し織り交ぜました。太宰作品は私はこれが一番好きで、またもやほぼネタバレしております。だけど解釈は私の解釈でしかないので、自分の目で確かめてみて欲しい。短い小説だよ。

少し前に発売された「小説ディアプラス ナツ号」で、作家生活二十五周年をお祝いしていただき校正者シリーズも二本立てでお送りしております。「デート」の明後日の大吾と正祐です。明後日なのにタイトルは「色悪作家と校正者の別れ話」。人なんてきっとそんなものであろう。

久しぶりに長いインタビューにも答えさせていただいて、校正者シリーズについてもあれこれお話しさせてもらってます。二十五周年を寿《ことほ》いで、文庫派の方もよかったら雑誌を手に取ってやってください。

イラスト箇所の指定は私は関わらない領域なんですが、正祐の母麗子《れいこ》の着物描写をしながら、

「ここが見たいけど駄目かな……」

とぼんやり考えていたら、麻々原絵里依先生の美しい母と着物の挿画が入ってとても嬉しいです。

麻々原先生の挿画には本当に助けられて、二本立ての一方は麻々原先生がいてくださったから生まれた物語です。いつも本当にありがとうございます。

そんな美しい麗子、瑤子《ようこ》、女性たちが活躍する巻? にもなりました。

大吾のような男は、男より女に敵《かな》わないものじゃないかなと思って、それで麗子と瑤子がよいしょっコラっとやってきたわけでございます。たまに叱って差し上げないとね。

そしてまた森鷗外《もりおうがい》であった。好きなんだな私森鷗外がと、今回気づきました。記念館は楽しいしあんまり人がいない。言葉で出てきただけですが小倉《こくら》の松本清張《まつもとせいちょう》記念館はそれはそれは楽しいので、是非《ぜひ》行ってみて欲しい場所です。私は二回行きました。また行きたい。

今回も最早大吾と正祐を助けてくれているとしか言いようのない篠田《しのだ》さんは、一体、どこから来たのだろう……と不思議に思いながらいつも書いています。

「だと思った」

と思われるかもしれませんが、篠田さんはこのシリーズで一番人気のキャラクターです。私はそんなつもりで書いていなかったので結構びっくりしましたが、よくよく考えたら、

「同僚や友人として唯一いて欲しい人物であり、他の人物はとりあえず職場などには絶対いて欲しくないだろうな……」

という納得の仕方をしました。

大吾はたまに篠田さんに、

「あんたは闇が深い」

と言ってますが、篠田さんの背景はあれこれ考えてるけどそれは……いつか触れる機会があったら書きたいような、永遠に書かなくてもいいようなそんな感じ。

大吾が篠田さんの闇が深いと思うのは単に、篠田さんがまとも過ぎて大吾の理解を時々超えるからだけです。自分とは違う生き物を認めない男、大吾。

ものすごく個人的なことですが、去年「多情」を書いている最中プライベートで結構大変な感じでした。なので校正を開くとき、

「大丈夫かな……原稿」

と、かなり緊張したのですが、私としては問題なかったです。おもしろかった。

私生活と小説を書くことは全く切り離せたんだなと思うと、本そのものがそういう存在なんじゃないかなって思ったりしました。

日常から離れたいとき、違う場所にすぐに連れて行ってくれる。小説はそういうものかも。出できた小説たちの世界にも、入っていってみてください。

二十五年目の作家生活で、新しいシリーズを楽しんでいただけていることはまた格別の嬉しさです。ありがとうね。

また次の本で、お会いできたら幸いです。

発売日は土用入り／菅野彰

この本を読んでのご意見、ご感想などをお寄せください。
菅野 彰先生・麻々原絵里依先生へのはげましのおたよりもお待ちしております。

〒113-0024　東京都文京区西片2-19-18　新書館
[編集部へのご意見・ご感想] ディアプラス編集部「色悪作家と校正者の多情」係
[先生方へのおたより] ディアプラス編集部気付　〇〇先生

- 初出 -
色悪作家と校正者の多情：小説ディアプラス2018年ナツ号
色悪作家と校正者のデート：書き下ろし

- 参考資料 -
『江戸のかげま茶屋』花咲一夫(三樹書房)

[いろあくさっかとこうせいしゃのたじょう]
色悪作家と校正者の多情

著者：**菅野 彰** すがの・あきら

初版発行：2019年7月25日

発行所：株式会社 新書館
[編集] 〒113-0024
東京都文京区西片2-19-18　電話（03）3811-2631
[営業] 〒174-0043
東京都板橋区坂下1-22-14　電話（03）5970-3840
[URL] https://www.shinshokan.co.jp/

印刷・製本：株式会社光邦

ISBN978-4-403-52486-8 Printed in Japan